바 - 레몬하트

후루야 미츠토시

Menu

23

PART.294

전통의 마음

「와산본토(和三盆糖) 매실주」

어서
오세요.

안녕
하세요.

4

레몬하트의 마스터입니다.

처음 뵙겠습니다.

내 대학 후배예요.

마스터, 이쪽은 타케오카.

그럼 전 야마자키를 하프 앤 하프로.

넌 뭐 마실래?

난 평소랑 같은 우롱차와리로.

네….

뭐든 물어봐.

이 마스터가 바로 아까 얘기한 걸어 다니는 술 사전이야.

알겠습니다.

네, 실은 일본요리에 맞는 디저트 와인을 찾고 있어요.

술 때문에 곤란한 일이라도….

사실 저는 아버지와 둘이 오차노미즈에서 일본요리점을 하고 있어요.

디저트 와인이요….

같은 미스터리 클럽 회원이기도 했어요.

같은 대학 출신이라 애기도 잘 통하고…

음식 잡지 편집장님이 데리고 가주신 게 알게 된 계기였죠.

다케자사라고 대대로 이어오고 있는 가게인데 맛있다고 평이 아주 좋아요.

외국 손님이라고요….

일본어 학교가 있어서 요즘 거기 여학생들이 많이 와요.

근처에 외국인을 위해

너희 가게 젊은 외국 여자 손님 많더라.

흐음….

단골이 별로 없어요.

다들 맛있다고는 해주시는데…

조용히 좀 해요!!

그런 건 신경 쓰지 마. 이 가게도 단골이라 봐야 나랑 안경 씨 정도니까.

물어 봤더니—

그래서 용기를 내어

한 명, 카트린느라는 프랑스 유학생이 자주 와주더라고요.

역시 외국인에게 일본요리는 아직 멀었나… 했는데

식습관의 차이라고 할까요, 유럽 여성들은 식후에 달콤한 술을 마시고 싶어진대요.

네, 맞아요.

맛있는 디저트 와인이 있으면 좋겠다고….

우리 디저트 중에 말차 아이스크림을 좋아한다고….

그 카트린느 씨는 어떻게 단골이 된 거죠?

귀부 와인이 있죠?

유명한 디저트 와인은…

단호박에 고구마도 그렇고.

말차 아이스라… 예나지금이나 여자는 단거라면 껌뻑하는구만.

너무 단 것 같아서요…

하지만 개인적으로 귀부 와인은 일본요리 에는

독일의 트록켄 베렌아우스레제, 헝가리의 토카이가 있어요.

맞아요, 프랑스의 소테른

너무 비싼 건 낼 수가 없어요.

게다가 우리 가게는 학생 손님이 메인이라

음— 확실히 그럴지도 모르겠네요.

그리고 너무 달지 않아야 하고요…

음— 일본요리에 맞는 디저트 와인이라…

뭔가 괜찮은 디저트 와인 없을까요?

지금 가르쳐주는 거 아니었어요?

어?

알겠습니다, 생각해볼게요.

그게 아니라…

아니, 아니.

왜 비싸게 구는 거냐고요!

걸어 다니는 술사전이 어떻게 된 거예요?

디저트 와인 한두 개쯤 금방 생각 못 해요?!

해도 좋을 정도의 중요한 일이라고요.

굳이 말하자면 이 선택에 가게가 걸려 있다고

나는 베스트 초이스를 하고 싶어요.

여기서 두세 개 이름 대는 건 어렵지 않지만

꼭 좀 부탁드립니다!

정말 이세요?

앗, 그, 그런 거였어요…?

요리를 먹고 그리고 나서 생각해 보려고요.

그러니 한 번 다케자사에 가서

안녕하세요.
아, 선배!
마침 계셨군요.

어서
오세요.

생각대로 정말 맛있는 요리더군요.

약속했으니까요.

마스터가 가게에 와주셨어요.

요전에 선배랑 의논하러 온 다음 날

디저트 와인이 아니라 매실주?

매실주?

그리고 어느 매실주를 가르쳐주셨죠.

나도 알게 좀 설명해줘 봐요!

진심이 담긴 매실주? 그게 뭐예요.

그래서 생각난 게 진심에는 진심이 담긴 매실주!

다케자사의 요리는 진심이 담긴 실로 섬세한 요리더군요.

가져다주신 말차 아이스크림과 같이 마셔요.

이러다 마쓰다 씨가 궁금해서 쓰러지게 생겼으니 그 술을 내도록 하죠.

와산본토(和三盆糖) 매실주

와산본토(和三盆糖) 매실주 〈메모〉

나가사키현 이키의 고노우라에 있는 겐카이 주조에서 만들어진 프리미엄 매실주이다.
겐카이 주조는 보리소주로 유명하며, 2003년도 주류 감평회에서 대상을 받았다. 대표 상표는
보리소주 이키, 그 외에 항아리에 저장하는 이키코쿠, 나무통에 숙성시킨 최고급품 마츠나가
야스자에몬이라는 제품이 있다.
그런 실력파 겐카이 주조가 만드는 와산본토 매실주는 엄선된 매실과 정성스레 만들어진 보리
소주, 예로부터 내려오는 일본의 *와산본토를 원료로 해 시간을 들여 숙성시킨 것이다.
매실주라고는 생각할 수 없을 정도의 개성있는 맛은 보리소주에서 왔으며 산뜻하고 무겁지 않
은 달콤함은 와산본토에 의한 것이리라.
외국인에게도 사랑받는 실로 맛있는 매실주이다.

와산본토로 달콤함을 만들어내죠.

이건 나가사키현 이키의 겐카이 주조가 만드는 매실주인데 보리소주로 만들어졌어요.

일본 고유의 설탕이에요.

와산본토란 옛날부터 시고쿠에서 만들어지는

흑설탕이나 황설탕은 아는데 와산본토는 처음 들어요.

와산본토?

그걸 빼내기 위해…

백설탕이라고 하는데 여기엔 밀분(蜜分)이 많이 포함되어 있어요.

사탕수수로 만든 설탕을

*와산본토(和三盆糖) : 화삼분당, 일본제의 고급 백설탕

14

천으로 싸서…

그걸 당과 밀(蜜), 두 종류로 나누기 위해

이걸 토기(硏ぎ)라고 하죠.

장인들이 손으로 직접 반죽해요.

그걸 몇 번이고 반복하면 설탕이 점점 하얘져요.

압착 기구에 눌러 밀을 분리해내고

수고를 들인다 이뤄 진심이니까요.

아~ 그래서 진심이라고 했구나.

가까스로 와산본토가 완성된답니다.

이 작업을 다섯 번 반복하면

와산본토라는 이름의 설탕이 있다는 건…

그렇구나— 몰랐어요.

그 달콤함… 정말 최고죠.

고급 화과자에 이 설탕이 쓰이는데

그리고 이게 그 와산본토를 사용해 만든 이키의 매실주예요.

디저트 와인보다 담백하고 섬세한 일본요리에 딱 맞는 리큐르라고 생각해요.

마쓰다 선배님, 제 설명으로 이해가 되셨나요?

응, 이해했어요!

그러니까 빨리 마시게 해줘요—

와산본토라는 이름의 유래나 언제부터 만들어졌는지, 또 이키의 소주에 대해서도

알짜지식은 아직도 많이 남았지만 마쓰다 씨가 몸이 달았으니 이쯤 해둘게요.

그럼 다케오카 씨와 카트린느 씨의

앞날을 축복하며…

16

건배————!!

생각보다 달지 않네….

앗……

외국 사람도 깜짝 놀라겠어.

이게 일본요리 마지막에 나오면

이게 와산본토 구나….

진짜야, 고급스러운 달콤함…

진심으로 감사합니다.

마스터, 다시 한 번

그렇습니다, 트레봉이에요.

히트할 조짐이 보인다니까요.

그래요, 추가 주문을 하는 사람도 있을 정도로

노력하겠습니다. 그 마음을 잊지 않도록

전통의 마음이 살아 있어요. 다케오카 씨의 일본요리에도 와산본토에도 장인 정신과

대구 이리 구이도 먹었는데 꼭 푸아그라처럼 일품이더군요. 유부 완탕 탕수에

뭐 먹었어요? 그런데 마스터, 다케자사에서

마쓰다 씨, 재미있는 사람입니다— 그건 코스가 아니라 일품요리예요. 전통의 맛은 무슨! 난 그런 거 구경도 못 했는데!

마쓰다 씨, 좋은 얘기 하는데 밴댕이 같은 소리는 제발 참아줘요.

PART.295

연기의 무게

「더 빅스모크 60」

꾸욱

어? 그리고 보니까 마쓰다 씨 담배 안 피우시네요.

나 담배 끊을까 봐요.

올려서 돈 벌 생각이겠지만 그렇겐 안 되지~ 라면서.

건강이라기보다 담배값 올랐을 때.

역시 건강을 위해서요?

응, 반년 정도 전에 끊었어.

마쓰다 씨 담네요.

그래서 에잇, 모르겠다! 그런 기분으로 끊어버렸어.

여기저기서 다 끊갆아?

이쪽이 딱 끊으니까

스모크 해러스먼트 래요.

지금은 미국에서 S. H라고 하면 섹슈얼 해러스먼트가 아니라

담배는 건강에도 안 좋고 백해무익하니 끊으라고….

아케미도 맨날 잔소리예요.

담배피우는 사람들의 연기가 다른 사람에게 해롭다는 거죠.

스모크 해러스먼트?

그런데… 담배는 정말 아무 도움도 안 되는 걸까요.

「담배 연기는 당신 주위의 사람, 특히 유아, 아동, 노인 등의 건강에 악영향을 미칩니다…」

이 담배에도 주의사항이 적혀 있어요.

그럼 끊으면 되겠네.

그게 정말 모르겠어요.

넌 어때?

안경 씨가 무시하지 않을까요?

여자 잔소리에 담배 끊으면

힐끔

난 그런 걸로 사람 무시 안 해.

어이, 버본 꼬맹이! 다 들린다—

다른 사람에 대한 배려는 흡연자의 매너야.

단, 아까 그 주의문 때문에 하는 소린 아니고

담배가 암이 되는 것도 자기책임이지.

맛있는 것엔 독이 있는 법, 미식가가 당뇨에 걸리는 것도

쟤는지 알아?

토시, 담배 연기의 무게를 어떻게

항상 사람과 떨어진 곳에서만 피우잖아요.

그러고 보니까 안경 씨는 흡연 매너를 꼭 지키시죠?

무게를 재.

먼저 저울로 이 담배

그걸 잴 수가 있어요?

그리고 담배꽁초도 올려서 무게를 재면 돼.

그리고 다 피운 후 담배 재를 저울에 올려.

찰칵

오호—

그게 연기의 무게야.

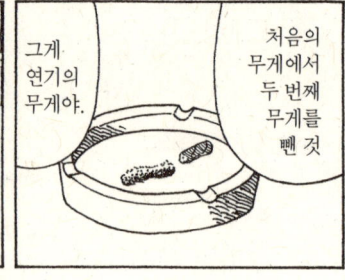

처음의 무게에서 두 번째 무게를 뺀 것

이거 사실 영화에 나오는 얘기야.

하하하, 마쓰다 씨! 그럴 듯해요!

왠지 연기에 싸인 듯한 얘긴데요.

24

작가는 폴 오스터죠?

아, 그 소설 알아요.

원작은 소설에 『오기 렌의 크리스마스 이야기』야.

미국 영화 『스모크』라고

그야말로 연기 같아서 종잡을 수가 없지.

담배의 역할은

스모크…

진짜 제대로 된 어른 영화니까 토시 너도 애들 영화만 보지 말고 그런 것도 봐둬.

꼭 볼게요.

볼게요!

그래도 그 영화를 보면 뭔가 느끼는 게 있을지도 몰라.

마쓰다 씨, 쓸데없는 소리 마요!

여자 잔소리 때문이 아닌 스스로 결정했다!! …라는 변명도 성립되고.

⋯⋯

그러고 나서 담배를 끊을지 어쩔지 결정해.

25

다음날 저녁

안경 씨, 슬슬 경마도
클래식 레이스가
시작되네요.

마권 산다고
생각하고
저금하는 거요?

마쓰다 씨,
그 필승법
실천 중이야?

왠지 그런 예감이 들어요.

올해는 마권 사서 돈 딸 거예요!

농담 마요!!

응.

레이스가 시작되면 연기처럼 사라질 것 같은 예감?

감동 했어요.

이야~ 좋은 영화던데요?!

그래서 감상은?

대여점에 있길래 바로….

안경 씨! 봤어요, 『스모크』 봤어요!!

짜릿 했어요.

하비 케이텔이랑 윌리엄 허트의 남자의 우정

알 것 같기도 하고 모를 것 같기도 하고…

아니요, 그건…

인생에 있어 담배의 역할?

그래서 알아 냈어?

그거 다행 이네.

그런데 그 담배 가게엔 시거가 없대서 할 수 없이 말보로를 샀어요.

영화 잠깐 끄고 근처 담배 가게로 막 달려갔죠.

그것도 시거가…

그냥 보는 동안 담배가 엄청나게 피고 싶지 뭐예요?

나도 시거를 피우고 싶었어요.

포레스트 휘테커가 시거를 피울 때

그래도 어디까지나 테마는 남자의 우정이야.

확실히 등장인물들은 쉴 새 없이 담배를 펴대긴 하지만

하하하, 그건 글쎄—

제목도 『스모크』 고….

그 영화 혹시 혐연 풍조 비판 메시지를 담고 있나요?

그런데 오늘은 안 피울 거예요.

아직 못 정했어요…

솔직히

끊을 건가요?

그래서 토시 씨, 담배는 어쩌기로 했어요?

마쓰다 선배님께 미안하니까요.

왜요?

어른이 된 듯한 느낌이 들어요.

좋은 영화를 소개해주신 덕분에

훌륭해! 말 잘 했다! 버본 꼬맹이, 어제보다 더 성장했구나!

괜찮은 게 들어왔어요.

지금 화제에 딱 맞는

오늘은 내가 토시한테 한 잔 산다!

29

더 빅스모크 60

더 빅스모크 60 〈메모〉

1938년 창업의 보틀러스 메이커 던컨 테일러 사가 내놓은 개성적인 배티드 몰트이다.
라벨에 브랜디드 아일라 몰트라 쓰여 있는 것처럼 스모키한 아일라 몰트를 골라 만들었다고 생각되나 레시피를 공표하지 않았기에 정체는 불분명하다.
60이란 물론 알코올 도수를 말하며 파워풀함과 동시에 스모키가 강렬한 한 병.
색은 아름다운 황금색으로 입에 넣어보면 의외로 달콤하고 맥아의 맛이 느껴지지만 그 후 입 안에서 폭발하는 스모키함은 그 이름을 부끄럽지 않게 한다.
온 더 록으로도 즐길 수 있지만 이 술의 개성을 즐기기엔 니트(스트레이트)로 마시는 것이 가장 좋다.

31

오오—

엄청난
스모키
가—

오오—
온다,
온다—

이거
좋은데요?

의외로
달콤하네요.

마쓰다 씨,
괜찮아?

마쓰다 씨, 무리하지 마요….

스모크가 무서워서 아일라는 피해왔지만!!

레몬하트 십 년 단골 이에요.

오, 그걸 아네?

어, 토시의 코멘트 는…?

역시….

뭐야, 아직도 영화에 취해 있냐?

삐/끗

그 장면은 정말 감동했지 뭐예요.

라스트 모노크롬 영상은 최고였어요.

라가블린이랑 카릴라가 아닐까 싶지만… 아니에요, 그냥 정체불명으로 두는 게 좋겠어요.

아일라라는 것 외엔 정보가 없거든요.

정체불명 이라고 했는데 그건 뭐예요?

그리고
뭔가를
건넸다.

안경 씨가
슬쩍 토시
옆으로 왔다.

우연히 주머니에
들어있었을 뿐이니까
깊이 생각 말고 받아둬.

피우든
안 피우든
상관없어.

그건 하바나산 최고
COHIBA였다.

PART.296

황혼이혼

「가비 오로로소 VORS 30년」

36

푸욱

부를 땐 어이!
기껏 하는 말이라고는
목욕, 밥,
신문이 다라니까!

나도 이혼해
버릴 거야.
그 영감탱이
더는 못
봐주겠어!

푸우

옷은 벗어서
여기저기 늘어놓지
아무 때나 방귀를
픽픽 뀌질 않나…

우리
영감탱이는
시들어빠진
파뿌리 같은
주제에
집에 오면

푸우욱

고집만
세서… 정말
지긋지긋해.

혼자선
아무것도
못 하는
주제에

푸푸우욱

지금은 그냥
모른 척 해줘야지,
나중에
비장의 카드가
될 테니까.

거기다
바람피우는 것도
모를 줄 알고?

그것도
시대를
타나 봐요.

카페에서
옆에 앉았던
주부 셋이
다들 황혼이혼을
생각하고 있다니…

이야~
얼마나
놀랐는지…

야지마 씨, 그건 생각이 너무 지나친 거 아니에요?

그게 나한테 하는 얘기 같아서 뜨끔했다니까요.

그 셋이 남편들 흉을 늘어놓는데

거기다 나…

나도 거기에 전부 해당 되거든요….

무슨 소리! 사실은

아니, 나도 너무 불안해서―

그건 좀 위험하네요.

한 번이긴 해도 바람피운 적도….

정말 잘하셨어요.

몇 년 만인지 다음 주에 데이트하기로 했지 뭡니까.

바로 아내에게 전화해…

? 그렇지! 마스터ー!!

영화 보고… 멋진 레스토랑에서 식사하고…

알겠습니다, 생각해 두겠습니다.

술을 부탁해도 될까요?

그리고 여기 들를 테니… 뭔가 아내가 좋아할 만한

황혼이혼을 피하려면 평소 행실이 중요하니까요.

어? 아직 시간도 얼마 안 됐는데요?

그럼 난 이만…

고마 워요…

잘 부탁 합니다…

다음 주, 기다리고 있겠 습니다.

그리고
일주일
후

BAR
레몬
하트

마스터—

요시코라고
합니다.
저희 바깥양반이
신세 많이
지고 있습니다.

우리 집사람
입니다.

레몬하트의
마스터입니다.

잘
오셨습니다.

마스터,
뭐 추천해줄 거
있나요?

네,
이건 어떠신지요?

1780
Sherry
OLOROS
~'v'~
VORS

42

가비 오로로소 VORS 30년 〈메모〉

1780년에 아일랜드인 윌리엄 가비에 의해 창립된 노포(老鋪)가 2000년에 발매한 빈티지 셰리이다.

같은 해 7월, 셰리 원산지 호칭 위원회가 숙성년도 인정 셰리 제도를 만들어 20년 이상 숙성한 건 VOS, 30년 이상을 VORS로 발매할 수 있게 됐다.

귀한 비장의 고주인 이 셰리는 겨우 530병 생산으로 한 병 한 병에 손으로 직접 쓴 시리얼 넘버가 적혀 있다.

가비는 그 외에도 달콤함의 극치인 페드로로 히메네스즈도 내고 있는데 이쪽도 VOR 20년, VORS 30년이 있다.

44

네, 몇 번이나 들었죠.

거기다 우리 올해로 결혼 30년이잖아요.

우리 신혼여행지가 스페인이었다는 거….

그럼 드셔보시 겠어요?

어쩜….

매번 얼마나 즐겁게 이야기 하시는지 모른답 니다—

마쓰다 씨와 안경 씨도 부탁합니다.

마스터… 귀한 빈티지 셰리이니

알겠 습니다.

건배~!!

진짜
맛있다~

응,
맛있구만.

맛있
어요!

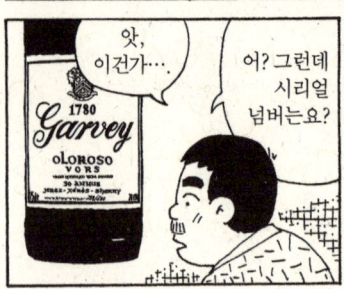

앗,
이건가….

어? 그런데
시리얼
넘버요?

오로로소는
묵은 향이 좀 나서
실망하는
경우가 있는데,
이건 정말
맛있어!

역시 시리얼
넘버가 있는
가비다워.

여러분이 이렇게
좋아해주시니
저도 기쁘네요.

그래.

맛있을
수밖에
없겠어요.

여보, 시리얼
넘버까지 있는
셰리라니

46

그래…
우리 벌써
30년이구만…

……

48

정말
이혼하려고
했다고요.

이걸로
용서해
줄게요.

이건 그때
벌이에요.

아야
야얏!

지금…．

걱정 마요…
지금은 그럴 생각
없으니까.

PART.297

산으로 귀양 간 해적

「캡틴 모건 프라이빗 스탁」

우롱차와리 밖에 안 마시는 사람.

정의라… 절대 나이스미들이라고 불리지 않는 사람.

아저씨의 정의 같은 건 필요 없을까요?

마쓰다 씨는 어느 월간지에서 「아저씨 만세!」라는 칼럼을 연재하고 있다. 그에 관한 회의를 위해 담당 편집자인 쿠메 씨와 출판사 근처 카페에 와있다.

네! 그러니까 내가 아저씨의 정의예요.

그건 마쓰다 씨잖아요.

아니요, 끝났어요.

회의 중이야?

네, 나카지마 씨—

그럼 앉아도 되지?

나카시마야! 선배 이름 정도는 똑바로 외우라고!

내 이름은 나카지마가 아니라

뭐!!

나카지마는 나카시마라고 발음하는 경우가 많으시죠?

나카시마 씨는 규슈 출신이라 야마자키는 야마사키

틀리지 마.

나카 시마!

죄… 죄송 합니다….

뭐, 속은 편해서 좋지만.

지금은 별 볼 일 없는 쪽방 신세야…

뭣보다 워낙 실력 있는 도깨비 편집장이라 얼마나 무섭던지.

마쓰다 씨도 예전에 나한테 많이 혼났지.

쿠메 너 키슈 출신 이었지?

네, 와카야마예요. 집은 대대로 어부를 하고 있고요.

할아버지께서 자주 말씀해 주셨거든요.

네, 그렇다고 들었어요.

호오! 키슈 어부라면

혹시 쿠마노 수군의 후예 아냐?

실은 우리 선조도 세토나이카이의 무라카미 수군이셨거든.

네…?

그래, 쿠마노 수군의 후예라니… 이거 반가운걸!

도쿠가와 이에야스가 산으로 귀양을 보냈거든.

그래… 오이타 산골마을이지. 그런데 그게 다 이유가 있어.

그래도 나카시마 씨는 규슈 출신 이시잖아요.

왠지 재미있을 것 같네요.

그래…

산으로 귀양?

산으로요? 섬으로 보낸다는 얘긴 많이 들었는데

오랜만에 레몬에 가서 자세한 얘긴 그때 해줄게.

그럼 있다 저녁에 레몬에서 보자고.

네.

듣고 싶어?

먼저 마시고들 있어. 소개하고 싶은 술도 있으니까.

난 조금 늦어질 것 같으니까

네, 가야죠.

같은 해적의 후예 사이이니 쿠메 너도 어때?

들어 가세요.

그럼.

56

아니요….

쿠메 씨, 나카시마 씨가 왜 총무과에 있는지 알아요?

셰프스 토닉 한 상자, 그리고 기네스 병으로요. 우린 바니까 캔은 안 돼요.

……

고집이 워낙 세서 상사 말을 귓등으로도 안 들으니까…

일도 잘하고 부하도 잘 챙기는 좋은 분인데…

프리랜서도
고충이 이만저만
아니지만
월급쟁이도
만만치 않죠?

오래
거래했으
니까요.

마쓰다 씨는
우리 출판사
사정에 빠삭
하시네요.

귀양
보낸 거라는
소문이 있어요.

나카시마 씨,
어서 오세요.

여어, 마스터
오랜만이야—

프라이빗에
스탁해 둔 녀석.

마스터,
그거 부탁해.

알겠
습니다.

고맙습
니다.

이분들께도,
내가 쏘는
거야.

캡틴 모건 프라이빗 스탁

캡틴 모건 프라이빗 스탁 ⟨메모⟩

푸에르토리코 산 골드 럼에 바닐라나 트로피컬 플레이버를 더한 스파이스드 럼이 캡틴 모건이다.
그 중에도 이 프라이빗 스탁은 그 이름처럼 개인용으로 특별히 보관해둔 것으로 훌륭한 품질과
적은 방출량으로 특히 더 인기가 있다.
그 달콤한 향과 부드러움으로 미국에서 큰 호평을 받아 여성들에게도 사랑받으며 콜라와 라임으
로 「캡틴 콜라」, 평범하게 온 더 록으로 「캡틴 록」 등으로 불리고 있다.
스트레이트로 마시면 본래 럼이 가진 맛이 살아 취침 전 마시기 좋은 술로 추천한다.

그건 보물섬이지. 아냐.

외팔에 외다리도요? 그야 당연하지. 어깨를 덮은 곱슬머리의 모건이 바로 해적의 모델이거든.

카메라, 보틀을 줌업해주세요.

낮에 말씀하신 도쿠가와 이에야스의 귀양과 관계가 있나요? 해적의 자손? 내가 바로 해적의 자손인데 두말 하면 입 아프지!

나카시마 씨는 해적에 대해 잘 아시네요.

꼭 좀 들려주세요. 왠지 재미있을 것 같아요. 술안주라 생각하고 들어줘. 그래, 그 얘길 하고 싶어서 둘을 레몬으로 부른 건데.

센고쿠 시대에 무라카미 수군은 셋으로 나눠져 있었어.

본가가 노시마, 분가가 인노시마와 쿠루시마를 본거지로 하고 있었지.

인노시마

쿠루시마

시코쿠

그 중 쿠루시마 일족은 토요토미 히데요시를 모시게 되어 쿠루시마라는 이름과 만 사천 석을 받았어.

히데요시가 죽은 후 세키가하라 전투에서 쿠루시마는 서군에 소속되어 이에야스에게 패하고 말았고

원래라면 일가몰살이지만 부인의 친척이었던 후쿠시마 마사노리의 중재로 쿠루시마는 용서 받을 수 있었어.

하지만 이에야스는 독립심 강한 해적들을 해변에 두기 싫었는지 그들을 분고모리라는 산 속에 가둬버렸고 분고모리에는 만 사천 석의 소영주가 탄생했지.

가신들은 비분강개 했지만

2대 영주 미치하루 때 성은 쿠루시마 (來島→久留嶋)로 바꾸고 분고모리번(藩)은 그 후로 이 백 년을 살아남았어.

그래서 산으로 귀양 이군요.

어떻게 보면 본보기로 보낸 귀양이라고 할 수 있겠네요.

메이지 시대 때 14대인 쿠루시마 타케히코라는 사람은 동화작가가 됐고 일본의 안데르센이라고 불리고 있지.

우리 선조는 해적시대부터 그 가신이었어.

거기가 내 고향이야.

쿠스마치모리 미시마 공원.

구연동화작가가 맞죠? 보이스카우트 계몽활동도 했고요. 오이타에 취재 갔을 때 무슨 마을이더라… 거기 공원에 큰 기념비 있는 거 봤어요.

쿠루시마 타케히코 알아요.

이거 아주 속이 시원하구만.

이야~ 좋아, 좋아.

쿠루시마 타케히코는 언젠가 한 번 다뤄보고 싶은 인물 중 하나거든요.

그렇구나, 마쓰다 씨 그런 데까지 취재 갔었구나.

왠지 로망이 느껴져요.

이 쿠루시마 씨 뿐이야.

남북조 시대에 시작된 무라카미 수군의 자손으로 직계가 남아 있는 건

네? 벌써 가시려고요? 모처럼 분위기도 달아올랐는데.

둘은 천천히 들고 가.

그럼 난 슬슬 가볼게.

어? 시간이 벌써 이렇게 됐네.

네.

난 육지로 올라왔지만 넌 수군의 후예라는 긍지를 잊지 말고 힘내도록.

쿠메, 편집자에게도 독립독보적인 정신이 중요해.

마스터, 계산은 나한테 달아줘.

즐거우셨다니 다행입니다.

고마워.

마스터, 오랜만에 즐거웠어.

정말 바쁜 사람이라니까.

후우

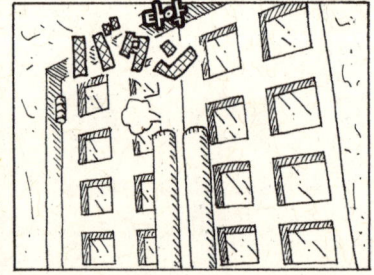

타닥

64

하고 싶은 말이 있어요!

마쓰다 씨! 나도

이젠 편집부도 아니라서 한가하지 않나—

쿠루시마 타케히코 얘기 더 듣고 싶었는데….

지원해서 그 자리에 앉으신 거예요.

저 분은 강제로 귀양을 가신 게 아니라

네?

사모님이 많이 아프세요.

네?!

그렇게 좋아하는 편집 일을 포기하신 거라고요!

간호와 집안일을 하기 위해

네에—?!

소문을 곧이곧대로 다 믿는 건 마쓰다 씨의 나쁜 버릇이에요!

그랬구나….

나카시마 씨는 무서운 분이라고 생각했는데 전혀 그렇지 않았어요!

마스터, 저도 반성하고 있어요.

반성하겠습니다.

그렇게 좋은 선배가 계셔서 전 정말 행복한 놈이에요.

그런 사정이 있는데도 신입인 저를 격려해주시다니!

그거 다행이네요.

그나저나 오늘 술은 특히 더 맛있네요.

캡틴 모건 씨한테도 사과해야지. 죄송합니다.

PART.298

예기치 못한 횡재

「아드벡 세렌디피티 12년」

벌써 가을인가…

앗, 빨간 잠자리다. 올해 처음 보네…

따르르르르릉

마쓰다의 여름도 끝나는구나….

이렇다 할 로맨스도 없이…

뭐예요~ 지금 있잖아요!! 빨리 전화 받아요~

지금 저는 외출 중이오니 삐 소리가 나면 메시지를 남겨주세요.

거봐— 있으면서—

네, 네, 우리 귀여운 조카님이 이런 시간에 무슨 일이실까~

귀여운 조카 치요코예요!! 치요코!!

대학 선배가 물어봐서요—

세렌디피티? 들어본 적 없는데….

술 얘긴데요… 「세렌디피티」라는 이름의 술인데 삼촌 혹시 알아요?

그래서 뭐야?

세렌디피티라고? 응, 알았어. 물어볼게.

받아 적어요, 세렌디피티.

세렌… 뭐라고?

부탁할게요.

레몬에 물어볼까?

가게에 세렌디피티라는 술 있어요?

아, 마스터, 나 마쓰다 인데요—

삑 뽁 띡 띡

그나저나 레몬은 정말 대단해~ 들어본 적 없는 술도 다 있으니 말이야.

세렌디피티라….

역시 레몬이야~

아, 역시 있구나….

69

마쓰다 씨
세렌디피티 12년
보틀을 보고 싶으면
지금 보여줄까요?

그래서 결국
치요코한테
내가 사주기로
했다니까요.

음— 나도
마셔보고
싶긴 해.

아드벡
증류소의
오피셜이라고
했지?

뭣보다
그 선배란 인간이
엄청 궁금해 하는
술이라니까.

아니에요,
두 사람
오면…

그거 가격 꽤 나가는데—

치요코는 그렇다 치고 어떤 녀석인지는 몰라도 그 선배한테까지 사는 건 좀 열 받아요.

무슨 뜻이었죠?

세렌디피티… 어디서 들어본 것 같은데…

이름이 딱 비쌀 것 같더라—

엣— 정말요?

예를 들면 프레밍이 어쩌다 페니실린을 발견한 거라든지.

과학연구 분야에서 자주 쓰이는 단어야.

우연에 의한 행운이나 예기치 못한 횡재라는 의미라고 해요.

어이, 어이— 그런 얘기에 목소리 좀 높이지 마.

세렌디피티가 있었어요.

그래, 생각났어요! 심장약을 연구하다 「비아그라」를 만들었다는 기사에도

안녕
하세요.

후쿠타카
에미코
입니다,
반갑
습니다…

선배는
대학 연구실에서
유전자 연구를
하고 있어요.

이쪽이 마스터,
그리고
마쓰다 삼촌에
안경 씨.

소개할게요,
이쪽은 같은 대학의
후쿠타카 선배.

아까랑 완전
다르구만….

오늘은
내가 살 테니까
다들 걱정 말고!

마스터,
빨리
그 술 좀
가져와요.

잘
오셨습니다.

72

아드벡 세렌디피티 12년 〈메모〉

아드벡 17년을 만들 때 실수로 글렌 마레이 12년을 섞어 만들어졌다.
마셔보면 제일 처음 부드럽고 달콤한 향이 느껴지고 그 뒤로 깊은 훈제향이 입 안에 퍼진다. 정말 예기치 못한 횡재라는 이름에 걸 맞는 술이다.
술의 빈티지는 제일 젊은 블렌드만 이름 붙일 수 있기에 12년산이 됐지만 이 술에는 아드벡 17년이나 20년 이상의 오래된 것도 포함되어 있다고 한다. 공식 발표에서도 80%는 오래된 아드벡이라고 밝혔다.
발매량도 적어 앞으로 이 술의 가치는 점점 높아질 것으로 보인다.

우연이요?

사실 이 술은 우연의 산물이에요.

이게 세렌디피티입니다만

폐기하려고 했는데 시험 삼아 마셔보니까 그렇게 맛있더래요….

아드벡 보틀링 때 실수로 글렌 마레이 12년산을 섞는 바람에

덕분에 궁금증이 풀렸어요.

그래서 세렌디피티군요.

이 이름으로 발매됐죠.

예기치 못한 횡재라는 뜻을 담아

알겠습니다.

마스터, 준비 부탁해요.

알짜지식은 그 정도로 해두고

건배~!!

목으로 술술 넘어가네요.

희미하게 달콤해서

「나는 아드벡이다」라고 작게 말하고 있어.

응, 좋은데?

이 숨겨진 요오드 향이 마음에 들어요.

어머나!! 맛있어요.

우연을 성공으로 연결해주는 능력이란 의미로 쓰여요.

연구하는 사람들 세계에서 세렌디피티는

그런데 후쿠타카 씨는 어떻게 이 술에 관심을 갖게 되셨죠?

이 술을 발견한 거예요.

인터넷에서 세렌디피티를 검색하다

그래서 저에게도 그런 능력이 있는지 어떤지 궁금해서…

실은 요즘 연구가 잘 안 풀렸거든요…

정말 우연한 만남이네요.

그때 얼마나 놀랐는데요! 맨날 어려운 얘기만 하는 선배가 「마셔보고 싶은 술이 있어」라며 전화를 했으니.

그랬더니 마시고 싶어져서 치요코한테 물어봤죠.

엣, 결혼?

그럼 선배, 역시 시골에서 결혼….

치요코 덕분에 이제 속이 시원해.

그거 참 좋은 생각이에요, 응!

능력이 있든 없든 연구에 좀 더 매진하겠어.

그 반대야. 결혼은 깔끔하게 거절하고

76

실제로 나한테도 있었고요.

그래요. 세렌디피티는 누구에게나 있는 거니까요.

감사합니다.

거기다 이렇게 좋은 가게도 만났으니까.

타나바타니까 전 레이스를 연승 복식으로 7-7을 샀더니 두 레이스나 7-7이 나온 거 있죠?

얼마 전에 후쿠시마 경마에서 타나바타(七夕)상이라는 레이스가 있었는데

꼭 듣고 싶어요.

마쓰다 씨의 세렌디피티는 뭐죠?

아니에요. 난 우연을 손에 움켜쥐는 능력이 있다고요!!

그건 단순한 요행이지.

덕분에 돈 좀 벌었죠.

세상에나.

딥임팩트는 정말 최고잖아요!

그게 어디에요~ 그리고 저 경마도 좋아해요.

윽….

제일 중요한 타나바타상은 7-7이 아니라 2-3이었는데~?

토우카이
테이오지.

경마의
세계에서
세렌디피티
라고 하면

마쓰다 씨,
흑심이 철철
넘치잖아요.

우,
우리 마음이
잘 맞네요~

토우카이
로망이라는
말이 있어.

1984년
오크스를 이긴

어머나,
듣고 싶어요.

일 년의 휴양을 끝내고
유마기념에서 승리한
기적의 말이야.

1987년, 쇠약해진
토우카이 로망은
니가타 대상전을 마지막으로
은퇴할 예정이었고
씨받이 권리도 준비돼 있었어.

마주는 이 말과 같은 해
더비마로 사상최강이라
불리던 심보리 루돌프를
교배할 예정이었어.

?

관계자가
좀 더 뛰게 하고
싶은 마음에
은퇴를 번복한 건
좋은데 그럼
씨받이 권리가
붕 뜨잖아?

그런데
이 레이스에서
토우카이 로망이
무려 2등을 따내.

이렇게 완벽한 우연으로 미승리 엄마에게서 태어난 게…

거기서 마주는 승리 이력 없이 은퇴한 토우카이 로망의 여동생 토우카이 내츄럴에 심보리 루돌프를 붙여줬어.

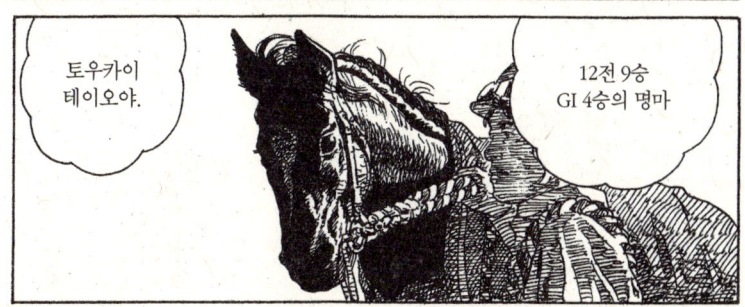

토우카이 테이오야.

12전 9승 GI 4승의 명마

세상에! 그 얘긴 정말 세렌디피티네요.

만약 후쿠타카 씨와 결혼한다면—

상상의 나래를 펼쳤다.

마쓰다 씨는 안경 씨의 이야기를 듣는 동안

나를 닮은
귀여운
남자아이가.

몇 년 후에
사랑의
결정체가
태어나겠지.

과학이나
문학이나
의학 분야에서
박사가 되어

어른이
되면

초등학교
때부터
신동이라
불리고

그 애는
쑥쑥 자라

결국은
노벨상을
받는 거야.

엣, 어, 아, 아무것도 아니에요, 정말 아무것도!

어이, 마쓰다 씨. 멍 하니 무슨 생각해?

정말 재미있는 얘기였어요!!

몰랐어요.

토우카이 테이오 얘기는 어땠어? 왜 아무 말이 없어?

어떤 일에든 무한한 가능성이 있다는 거예요.

지금 그 얘기에 제일 중요한 건

마쓰다 씨, 저도 그 의견에 찬성이에요.

그쵸?!

으, 웅, 그래.

네?!

안경 씨, 마쓰다 씨를 만난 일이 최고예요!

우리 의견이 정말 잘 맞네요….

나도 최고예요….

「안경 씨」는 못 들은 걸로 할게요.

이거 중증이구만… 세렌디피티를 너무 많이 마셨나….

PART.299

행복의 노란새

「샤또 메르샹 고슈 키이로카(甲州 きいろ(黄)香)」

안녕하세요.

그대로네요.

세상에~
5년 만에 오는데

스페인에 가신다고 했던.

니시 씨죠?

대학 때 친구인…

바르셀로나 에서 건축 공부를 하신다고…

안토니오 가우디에 매료돼…

한 달 정도 전에 돌아왔어요.

어? 기억해주시다니, 기뻐요.

그, 그게…

그거 하고 있어?

맞아요. 사그라다 파밀리아 복구를 하겠다고 했죠.

마스터 기억력 진짜 대박~

무슨 연구인데?

그 사람 조수로 들어갔어.

그러려고 했는데 어느 연구소 학자를 만나는 바람에

85

분야가 전혀 다른데?

건축에서 동물?

동물 생태학.

새라면 저 하늘을 나는 새?

새?

새의 생태를 연구하거든.

어쩌다 묵게 된 게 그 학자 집이었던 게 인연이 돼서—

어느 사이엔가 새의 생태에 관심이 생겼지 뭐야.

그래서 나도 옆에서 돕다가

박사님이 매일 바쁘게 돌보더라…

응, 그 집엔 집 안 가득 새가 있는데

지금은 무슨 연구를 하고 계세요?

기대되는 얘기네요.

새 박사님 조수가 된 거예요.

건축보다 이쪽이 더 재미있을 것 같아서

파랑새의 모델이라는 새 맞죠?

박새 과의 새로 푸른 박새라고도 해요.

메상지 블루라는 새의 생태를 연구하고 있어요.

더 잘 알죠.

술과 관련 있는 새에 대한 거라면

오~ 마스터, 술 외에도 아는 알짜지식이 있네요.

맞아요, 맞아요.

일본에선 보기 어려운 새 아냐?

그나저나 박새가 어떤 새지?

「아텐보로의 새의 세계」라는 비디오도 봤고….

나도 새에는 일가견이 있어요.

이거야.

사진 있어.

어?
파랑새라기에
전부

파란 줄
알았는데

이게 파랑새
모델이구나.

와아—
귀엽다.

관련된
연구를 하는
중이야.

맞아, 실은
그 가슴의
노란색에

가슴은
노란색
이네?

정말 흐린 노란색이네요.

네.

마쓰다 씨, 나도 보여줘요.

어디 보자~

이거랑 비교해봐 주세요.

한 장 더 있어요.

가슴이 선명한 노란색인 것과 흐린 노란색인 박새가 있어.

맞아, 같은 푸른 박새라도

어? 이쪽 사진은

가슴의 노란색이 별로 안 예쁘네.

네.

원인은 알아 내셨나요?

우선 그것부터 연구가 시작된 거야.

가슴이 노랗게 되다니 신기하네.

벌레를 열심히 먹으면

다시 말하면 노란색이 선명한 박새 수컷은 벌레잡이의 명인이라는 증거이기도 하죠.

벌레를 잘 잡는 수컷일수록 가슴의 노란색이 선명해요.

멋지지? 그러면서?

「가슴을 쭉 펴고」 노란색을 자랑한다 그거구나?

노란색의 카로틴이 박새의 털에 축척되어 보다 더 선명해지는 거야.

고품질의 모충을 먹으면

새끼도 잘 키우지 않을까 하는 가설.

가슴이 노란 수컷은 벌레잡이의 명인이니까

어떤 가설인데?

가설 하나가 생겨났어.

그걸 알아내면서

먹이잡이 명인을 아빠로 두면 새끼를 잘 자라겠지, 자연의 섭리대로.

헤에— 수컷이 새끼를 키우는구나.

거의 수컷이 해.

암컷도 전혀 안 하는 건 아니지만

잠깐, 박새는 수컷이 새끼를 키워?

뭘 하는데?

저도 박사님 프로젝트에 참가한 거예요.

좋은 질문이에요. 그걸 분명히 하기 위해

유전은 관계없나요?

몇 십 키로나 떨어진 둥지에서 새끼를 교환해 얼마 지나 새끼들의 성장 상태를 조사했죠.

스페인 삼림지대의 파란 박새 둥지에서 새끼들을 랜덤으로 교환해요.

엄청
복잡하네.

말이 쉬워서
새의 생태지

유전인지 아닌지
알아보기 위해
그러는 거야.

어? 그럼
내 새끼가
아니잖아!

그게
궁금한데.

그래서
답은 나왔어?

그래도
정말 재미있어서
폭 빠졌지만.

새끼를
다른 둥지로
옮기는 건
정말
힘들었어.

즉, 유전이 아닌 환경…
가슴이 노란 양부는
다른 둥지에서 온 새끼를
훌륭하게 키워냈지.

새끼의
발육에 관계되는 건
친부가 아닌 양부의
가슴 색이었어.

마스터, 얘기가 일단락 됐으니 뭐 하나만 추천해줘요.

정말 신기한 이야기였어요. 현장에 계셨으니 들을 수 있는 얘기네요.

니시가 스페인에서 왔다고 카바의 스파클링 와인 같은 뻔한 추천은 안 하기에요~

그러네요.

지금 나 놀리는 거예요?

북 스페인 피레네 산기슭의 리오하 와인은 어떠신지요?

네?

고슈 와인을 준비하죠. 네, 놀리는 거예요.

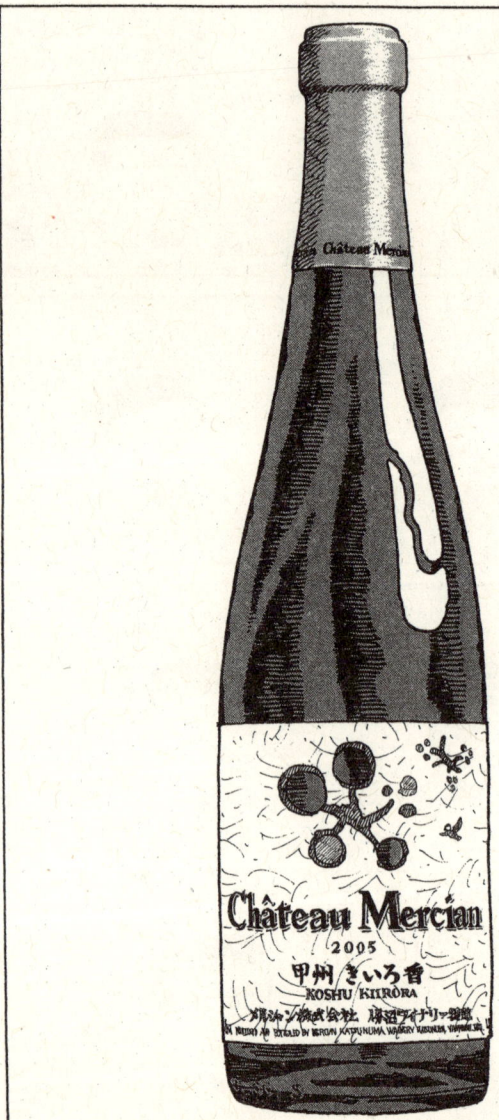

샤또 메르샹 고슈 키이로카

샤또 메르샹 고슈 키이로카 〈메모〉

메르샹 카츠누마 와이너리가 보르도 제1대학 양조학부 토미나가 타카토시 교수에게 도움을 받아 개발한 전혀 새로운 타입의 고슈 와인.
병충해를 예방하는 보르도액을 제한하고 조금 이른 수확 등의 연구에 의해 지금까지 알려지지 않았던 향기 짙은 고슈 와인을 양조해, 그 그레이프후르츠 같은 향기가 3—메르캅토헥사놀이라는 물질에 의한 것이라는 것도 확인했다.
이 와인은 토미나가 교수가 키우는 새의 이름에서 따와 「키이로카」라고 이름지어졌다.
상쾌한 향으로 인기 몰이 중인 이 와인은 2005년에 일본 포도와인 학회의 기술상을 수상했다.

지금 파란 박새 가슴이 노랗다고 노란 향이라는 이름의 와인을 낸 거예요?

장난 아직 안 끝났어요?

응?

마쓰다 씨, 라벨에 얼굴을 가까이 가져가 보세요.

그것도 가슴이 노래!!

앗, 새다. 파랑새야.

아무것도 모르고 마셔도 와인 맛은 다를 거 없어요.

하지만 알고 마시고 싶으시다면 설명하는 건 어렵지 않죠.

마스터, 이 새 뭐예요?!

어떻게 라벨에 새가 있어요?

그것도 니시가 말한 거랑 너무 잘 맞잖아요.

알겠습니다, 그럼 말씀 드릴게요.

맞아요, 부탁드릴 게요.

그보다 이 수수께끼투성이의 와인을 아무것도 모른 채 마시고 싶진 않아요—

네, 알고 마시고 싶어요.

지금까지의 고슈 와인에는 노블한 향이 없다고 여겨져 왔는데… 거기에 훌륭한 감귤류의 향이 숨겨져 있었던 거죠.

고슈라는 포도는 일본 고유종으로 천 년 이상 전부터 만들어지고 있어요.

아로마 프리커서라는 형태로 숨어있던 그 향은 양조 과정에서 처음 출현하는 향이라고 해요.

보르도 대학 양조학 연구실에 계시던 토미나가 타카토시 박사님의 도움으로 알게 된 것인데

그 의미도 궁금해요.

「키이로카」… 조금 특이한 이름이네요.

그 향을 가능한 한 끌어내는 연구로 탄생한 게 바로 이 와인이에요.

연구가 통 안 풀릴 때 작은 새를 한 마리 키우기 시작하셨어요. 노란색이라 키이로라는 이름을 붙여줬죠.

토미나가 박사님은 원래 소비뇽 블랑 향 연구를 하고 계셨는데

그래서 이 와인 이름이…

박사님께 그 새는 행운의 노란새가 된 거죠.

박사님은 그 후 연구를 훌륭히 끝내셨고

그런데 그 새가 얼마나 귀여운지 박사님에겐 큰 위안이 됐다고 해요.

마스터, 얘긴 이제 충분하니까 이제 「빨리 마시고 싶어―」요.

지금까지 고수에 없던 향이라니 어떤 향일까?

「키이로카」군요. 왠지 가슴이 따뜻해지는 이름이네요.

좋네요, 이거…

오호~ 이게 노란향이구나…

선명한 노란 가슴은 암컷에게 인기가 엄청 많다는 것.

새끼를 잘 키우는 것뿐 아니라

실은 하나 더 밝혀낸 사실이 있어.

그런데 아까 푸른 박새말이지…

무리예요. 문제는 그 변태스러운 얼굴에 있는 거니까…

인기 끌 수 있을까?

좋았어~ 나도 넥타이는 관두고 노란색 티셔츠로 바꿀까~

PART.300

맛의 기억

「스프링뱅크 파운더즈 리저브」

응?!

잠시
비나 피하다
갈까?

네….

100

또 그 소리예요…? 나오실 때는 맨날 욕만 하시면서.

할멈, 이 바는 끝내줄 거야… 틀림없어.

뚝!

딱 한 잔 만 이에요.

어쨌든 들어 갑시다.

호오! 이거 분위기도 좋구만.

어서 오십시오.

토
옥

면쩍

영차…．

이슬비라
그 정도까지는…．

젖어서
불편하실 텐데
이 수건으로…．

스카치
미스트를
부탁합니다.

그러네
요….

뭘 준비해
드릴까요?

옛날에
글래스고에서
유학을…．

손님, 실례지만
스코틀랜드에…．

스카치
미스트!!

102

그럼 따뜻한 차는 어떠신지요?

저는 술을 못 마신답니다.

부인께는 뭘 드릴까요?

그러셨군요!

고맙습니다.

맛있는 차네요.

드세요.

그것도 17년!

발렌타인…

?

이건….

맛있구만!

어이, 어이.

너무 칭찬 마세요. 이 사람은 입만 고급이거든요.

훌륭하십니다.

재현한
특별품이라고.

그건 특별히
창업자의
맛을

비싸고 거기다
염분도
많다던데…

얼마 전에도
굳이 규슈에서
옛 맛 명란젓을
시킨 거 있죠?

조금밖에
안 먹는데 뭐.

그래도
염분은 몸에
안 좋은
걸요.

「고집 있는
명란젓의
시작」이라고
해서…

한참 전에
은퇴하긴
했지만….

마스터,
난 수의사
요시다라고
합니다.

알았어,
알았어.

바쁘니까.

자, 자—
그만 가요.

감사
합니다.

저야말로

또
올게요.

오늘 정말
고맙습니다.

마쓰다 씨, 저 분은 보통 분이 아니에요.

스모 선수랑 심판 같아요.

재미있는 부부네요….

?

스코틀랜드 특유의 이슬비를 스카치 미스트라고 하거든요. 그리고 그게 크래쉬드 아이스를 쓴 온 더 록의 이름이기도 하죠.

오늘처럼 이슬비가 내리는 날 스카치 미스트를 주문한 건…

헤에— 그랬구나.

시험한 거예요.

그러니까 우선 바맨으로서의 내 지식을

그러니까 그 초이스를 마음에 들어 하셨지 다른 스카치를 내놨으면 바보 취급을 당했을지도 몰라요.

글래스고 근처에는 발렌타인 사의 공장이 있어요.

몇 년이나 있었으니 상표를 지정했을 텐데.

보통은 스카치의 본고장에

스카치 상표는 말 안 했죠?

아, 맞다~ 주문할 때 「스카치 미스트」 라고만 하고

역시 보통 사람이 아니네요.

음— 자연스럽게 마스터의 역량을 시험한 거네.

상표를 말 안 했을 때 내 안에선 피잉— 하고 긴장감이 퍼졌거든요.

아주 좋은 지적이에요.

히익—!!

글래스고 대학에 유학했다면 엄청나신 거예요. 글래스고 대학 수의학과는 세계 제일이라고들 하거든요.

거기다 수의사 선생님이라고 하셨는데

106

생각해봐 야겠어요.

그래요!! 다음엔 뭘 추천할지

겉모습 으로는 모르는 거네요.

사람 은….

숙원인 걸요.

무슨 소리! 그게 바맨의

고생이 많네요.

어서 오십시오.

다음 날 저녁

빨리도 오셨네….

107

108

스프링뱅크 파운더즈 리저브 〈메모〉

스프링뱅크 창업자의 자손인 고든 라이트 씨가 로치데일에서 릴리스한 보틀.
라이트 씨는 자신의 기억 속에 있는 1960년대 스프링뱅크의 맛을 재현하기 위해 평균 십 년 이상 숙성된, 고르고 고른 네 통의 버번 통과 셰리 통을 주의를 기울여 브랜드 했다고 한다.
이전에 발매된 것은 레드보틀, 이번 것은 블루보틀이라 불리는데 두 번째의 블루보틀의 평이 더 좋다고 한다. 뒷면 라벨에는 테이스팅 노트와 그의 사인이 들어있다. 옛날 한창 때의 스프링 뱅크를 충실하게 재현했다는 한 병이다.

이걸 릴리즈한 건 고든 라이트라는 사람으로 스프링뱅크 창업자의 자손이라고 하더군요.

호오….

내가 글래스고에 유학 가 있던 무렵….

60년대라고 하면

스프링뱅크의 맛을 충실하게 재현했다고 합니다.

본인의 기억 속에 있는 1960년대의

물론 이죠.

스트레이트 로 드셔보시 겠어요?

입에 맞으 시는지

이거 실례, 나도 모르게 추억에 잠기고 말았군요.

이신가?

맛있으면 눈물이 나는 타입…

여학생을 좋아했거든요.

옛날 캠벨타운에서 와 있던 키가 큰

!

?

그리고

캠벨타운에 가서 고백을 했죠…

그렇지 않아요!! 선생님 같은 손님이 계시기에 가게가 발전할 수 있는 거죠.

아니에요, 나는 어디에 가도 상대를 시험하는 나쁜 손님이었어요.

사과의 의미를 담아 여러분께 이 술을 대접하겠습니다.

그렇게 말해주니 고맙긴 하지만

슬랜디버!!

최면술의 술

「힙노틱」

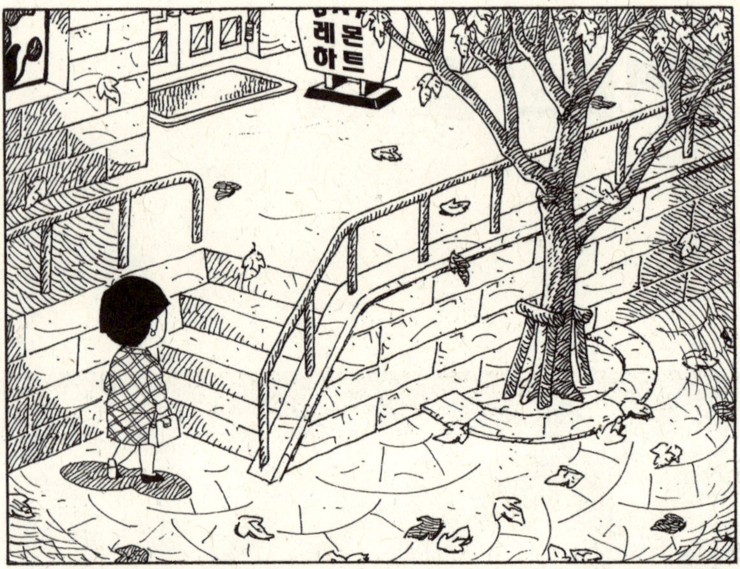
레몬
하트

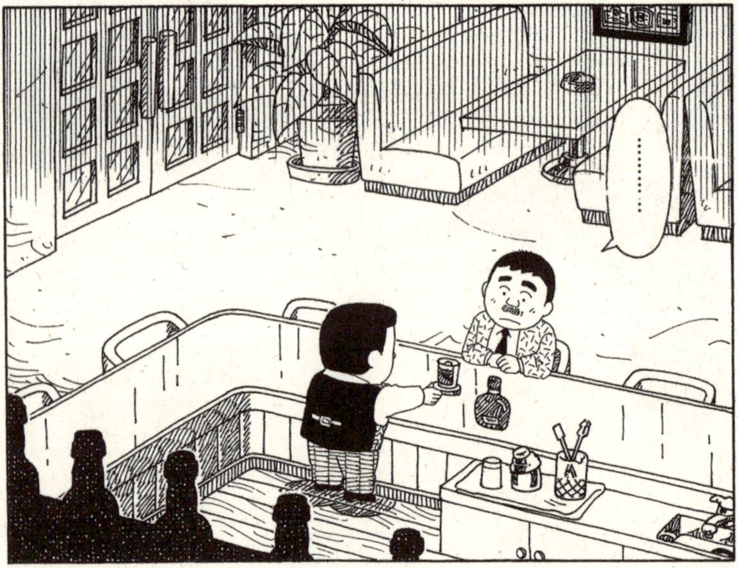
……

뭐야…
치요코냐.

안녕
하세요—

어서
오세요.

귀여운 조카
치요코한테.

무슨 말을
그렇게 해요.

어디서
고상한
척이야.

왜
이래…

좋네요,
오호호.

마스터도
건강해
보이셔서

꼬맹이가
콧소리 내봐야
아무것도
안 나와!!

윽!! 뭐야,
징그럽게!!

나도 언제까지고
어린애가 아니란
거예요.

있죠,
삼촌…

117

치요코 씨… 혹시 향수?

삼촌은 정말 둔하다니까… 에잇, 재미없어!!

모르겠어요?

이거예요.

지금 희미하게 좋은 향기가 났어요.

딩동댕!!

크리스챤 디올 향수예요.

힙노틱 쁘와종.

뭐야, 그건?

HYPNOTIC POISON Dior

그건 어디서 났냐?

졸음을 쫓는 독약이라는 의미의 프랑스어네요.

힙노틱 쁘와종?

118

엄청 멋진 분이예요~ 모두의 동경의 대상~

나카야마 부장님이요.

상사라니?

상사가 프랑스에서 사다줬어요.

촐랑이 치요코란 거야.

바보야! 그러니까 그렇게 나이를 먹어도

물론 이죠!

어이, 너 그거 좋다고 넙죽 받았냐?

삼촌, 무슨 오해를 하는 거예요.

잠자리를 함께 하고 싶다는 유혹의 의미라고.

잘 들어! 향수 선물이란 건

뭐예요.

역시… 후후후.

그거 당장 변태 부장한테 돌려줘!

아냐, 내 말이 맞다니까.

그래요,
나 오늘 여기서
부장님이랑
만나기로 했어요.

그럼…

뭐!

곧 오실
테니까.

그럼… 삼촌이
직접 말해요!

어떤 녀석
이냐니요?

그런데
어떤 녀석이냐?

정신이
확 들게…

좋았어!!
나한테 맡겨!

스포츠
만능에—

이름은 나카야마
아키오…
나이는
38살이고…

아,
안 그러면
불리하잖아.

싸우려면
적을
알아야지…

절대
용서
못 해!

그, 그건
너랑 불륜을
하겠다는
거잖아!

정말
멋진 분
이라니까요.

당연히
결혼했죠.

독신
이냐?

120

완전히 푹 빠졌어.	후후후, 긴장했네…

스포츠 만능….

오

안녕하세요!

안녕하세요!

아니에요. 치요코 늦어서 미안해

레몬하트의 마스터입니다. 어서 오십시오!

정말 멋진 곳이야.

여, 여자잖아!!

나 남자라고 한 적 없는데요?

나카야마 라고 합니다.

처음 뵙겠 습니다.

가끔 오해를 받긴 하지만 여자랍니다.

나카야마 아키오… 가을 추에 실마리 서를 써요.

하지만 「나카야마 아키오」 라고….

치요코의 자랑인 자상하고 멋진 삼촌.

마쓰다 씨시죠?

오해하게 했구만….

젠장! 치요코 녀석 일부러 내가

이렇게 뵙다니 영광 이에요.

바… 반갑습니다.

그런… 앗, 네!!

네?

122

향수는
과하게 뿌리면
안 돼.

부장님 말씀처럼
손목이랑 귀 뒤에만
아주 조금 뿌렸어요.

향 잘
어울린다.

춤 출 때
살랑 느껴지는
정도가 최고야.

술맛도
모를 때가
있거든.

뭣보다
다른
사람에게
민폐고

치요코가
그런 매력적인
성숙한 여자가
되었으면 해.

남자에겐
조금 위험한
성숙한
여인의
향기.

힙노틱
쁘와종은
그 이름
그대로

정말…
멋진 사람
이구나….

네!!

마침
재미있는 게
있거든요.

술 초이스는
저에게
맡겨주시겠어요?

124

힙노틱 〈메모〉

2001년 발매되어 겨우 3년 만에 리큐르 톱 텐에 들어간 화제의 프랑스산 리큐르.
이 리큐르는 세 번 증류한 프리미엄 보드카에 키위, 블루베리, 파인애플, 백포도, 패션후르츠 등
으로 만들어진 트로피컬 후르츠 주스에 힙노틱을 위해 특별히 만든 꼬냑을 블렌드했다.
최근 미국에서는 마티니보다 고급 보드카를 사용한 보드카 마티니가 인기 몰이 중인데 그 흐름
속에서 이 리큐르가 주목을 받으며 힙노틱 마티니로 사랑받고 있다고 한다.
아름다운 아쿠아블루 색의 그 자체로도 후르츠 칵테일 같은 리큐르.

이걸로 여러분께 각각 다른 칵테일을 만들어 드릴게요.

지금 미국에서 인기인 리큐르예요.

어머나! 향수랑 같은 이름이네.

우선 나카야마 씨껜 샴페인을 넣은 섬싱블루입니다.

126

치요코 씨에겐 칼피스와 소다를 넣어 힙노틱 화이트를

꼬냑과 힙노틱의 하프 앤 하프를 록으로 한 헐크라는 칵테일이에요.

그리고 마지막으로 자상하고 듬직한 삼촌께는…

헐크?!

128

색도 식욕을
자극하는
요소 중
하나지.

셋 다 색이
참 예뻐요!

맛있어!

차가울 때
어서
드세요.

달콤해서
나한테도
맞아요.

헐크도
맛있
어요!

꿀
꺽

어쩌면 세서 헐크일지도 모르겠네요.

이런 이런… 힙노틱이 17도에 꼬냑이 43도이니 이 칵테일 꽤 센데 말이죠…

마쓰다 씨가 잠든 건 당연한가요?

그리고 힙노틱은 최면술이라는 의미도 있으니…

PART.302

루리색 슬픔

「루리카케수 럼」

우와—
물오리가
진짜 많이 왔네.

바로 얼마 전까지는
흰뺨검둥오리만
여섯 마리 정도
있었는데…

어때?
음악 쪽 열심히
하고 있지?

열심히는
하고
있었는데…

시베리아에서 온 건가…
이 연못을 잊지 않고
돌아와 줬구나.

왠지
기쁘네요.

132

그래서 도움 많이 주신 선배한테 말씀드리러 온 거예요.

뭐?

저 고향으로 돌아가려고요.

선배, 나가이 류운이라는 가수 아세요?

무슨 일 있었어?

「이정표 없는 여행」이라는 히트곡도 있고…

저랑 고향이 같은 싱어 송 라이터예요.

모르겠는데…

나가이 류운?

아니요, 그건 괜찮아요.

나… 음악은 잘 몰라서… 미안.

이츠키 히로시의 「노렌」이라는 곡의 작사, 작곡도 했어요.

실은 얼마 전에 그 류운 씨 콘서트에 갔었는데요…

충격을 받았어요.

그때 들은 「루리카케수」 라는 노래에

멈추질 않더라고요.

왠지 눈물이 나더니

그 어머니를 그리며 만든 곡이라고 하더군요.

류운 씨의 어머니는 류운 씨가 고2 때 돌아가셨대요.

사실은
저 홀어머니에
외아들이에요.

시골 규슈에
혼자 계시는
어머니가

요즘 완전히
쇠약해지셔서….

갈지
말지

고민
했거든요.

그런데 류운 씨
노래를 듣고
결심이 섰어요.

135

아니요, 고향에 가서도 음악은 계속할 거예요.

그랬구나… 그럼 어머니를 위해 음악을 그만두겠다는….

나가이 류운 씨도 오키나와 같은 데서 음악활동을 하고 계시거든요.

좋아요!!

장해라… 그럼 오늘은 이별의 한잔 어때?

후쿠오카현 토요츠예요.
올해부터 합병돼서
미야코가 되긴 했지만요.

그런데 본가가
규슈 어디야?

그그 오키나와 새 아냐?

아까 그 노래 제목 「루리카케수」라고 했지?

어머니는 아마미 출신이라고 하셨어요.

맞아요. 나가이 류운 씨는 토요츠 분이지만

카케로마지마, 토쿠노시마에만 사는 고유종으로 카고시마현의 현조(県鳥)야.

루리카케수는 오키나와가 아니라 아마미 오시마.

열여섯에 섬을 나와 돌아가실 때까지 한 번도 섬에 돌아가시지 않으셨대요.

그래서 노래 제목이 루리카케수인가?

아름다운 해변에 감동받아 그 곡을 만들었다고 해요.

류운 씨는 그 고향 오시마군 세토우치의 쿠지를 방문했다가…

139

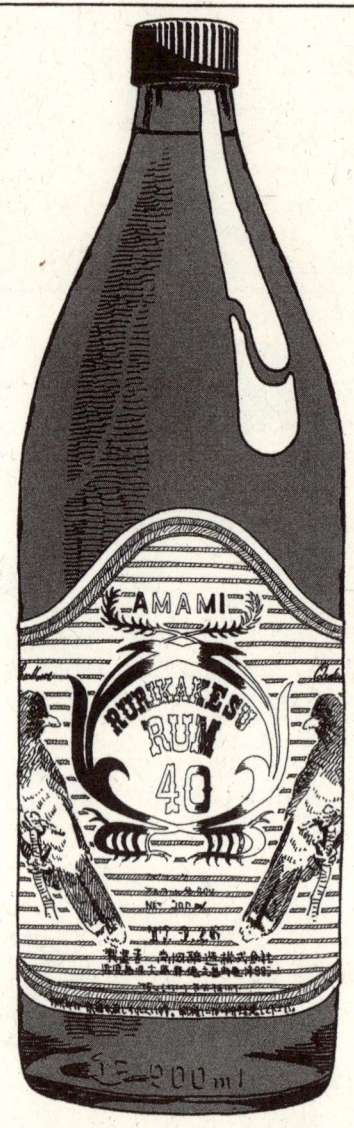

루리카케수 럼 〈메모〉

아마미 제도 토쿠노섬에 있는 타카오카 양조가 19797년에 일본 첫 골드 럼을 발매했는데 그게 바로 이「루리카케수」이다.

엄선된 사탕수수를 원료로 하고 아마미의 효모에 의해 발효시킨 원주를 세 번 증류시킨 후 오크통에서 천천히 숙성시켜 만들어진 루리카케수는 황금색을 살짝 띤 달콤한 향의 럼이 된다.

찬 물을 섞은 미즈와리나 따뜻한 물을 섞은 오유와리, 그리고 록 등 다양한 방법으로 즐길 수 있지만 작품 속에서처럼 시콰사를 듬뿍 짜 넣으면 더욱 맛있다.

타카오카 양조에서는 그 외에도 30도의 원주 럼, 50도의 오미키라는 제품도 만들고 있다.

현재 일본에서 만들어지고 있는 럼은 오가사와 제도의 그레이스 럼이나 헬리오스 럼 등이 있다.

토쿠노섬의 타카오카 양조가 만든 럼이에요.

RURIKAKESU… 이 술 이름도 루리카케수네.

헤에, 이 술이… 어랏?

다 같이 마셔볼까요?

일본산 럼!!

스다치?

록으로…
이걸
짜 넣으세요.

응, 그것도
좋겠는 걸.

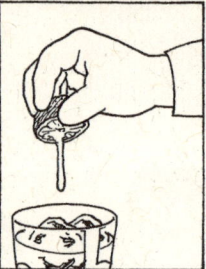

시콰사
네요.

건배~

분명히
럼이야.

흑설탕 소주와
비슷한 느낌도
있지만

홀
짝

142

의외로
잘 넘어가네.

맛있어요.

무차별하게
잡아들이지.

그
아름다움에
모자장식
으로
쓰려고

예쁘다…

이 날개 색이
루리색인
거죠…

지금은
멸종 위기종
이기도 하고
천연기념물
이기도 해.

이 루리색도
류운 씨의
노래도…

아름다운 건
왠지 슬퍼요….

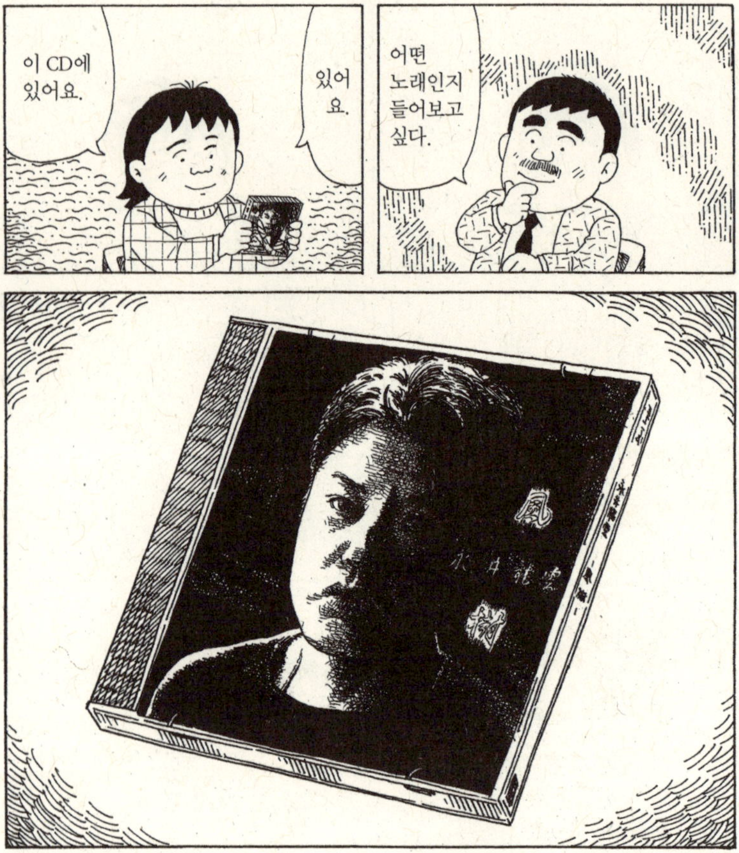

이 CD에
있어요.

있어
요.

어떤
노래인지
들어보고
싶다.

?

풍수지탄…
이네요.

144

중국 고전에 나오죠.

효도를 하려할 때는 부모는 이미 안 계시다는 탄식이에요.

자식이 봉양하려 하나 어버이가 기다려주지 않는다.

나무가 고요하고자 하나 바람이 그치지 않고

그런 의미가 있었군요.

역시 마스터야—

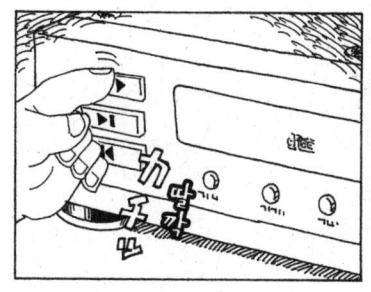

파도가 잔잔한
세토우치의
육지 후미에
서자니
그날 옛된
어머니의
장난스러운 모습이
눈에 선합니다
고생만 하신
인생이라
당신을 보며
생각했는데
이런 멋진
섬에서 자라서
다행입니다
어머니
루리카케수
루리카케수
눈물과 함께 마음이
편해집니다

열여섯 소녀 섬을 나와
돌아가는 일 없이
천국으로
밤마다 어린
아이들에게
가르쳐준
섬사투리
언젠가 어른이
되면
당신과 가보고
싶었는데
고생만
하시게 해서
죄송합니다
어머니

루리카케수
루리카케수
곁에 계신 듯한
기분이 듭니다.

내겐 아직
어머니가 계셔…
아직 만날 수
있어….

PART.303

이탈리아의 돈 코르네오네

「카르파노 안티카 포뮬러」

여어~
마쓰다 씨.

어?
안경 씨!

친구가
에스프레소를
마시고 싶다고
해서.

카페에서 보는 거
처음이네요.

148

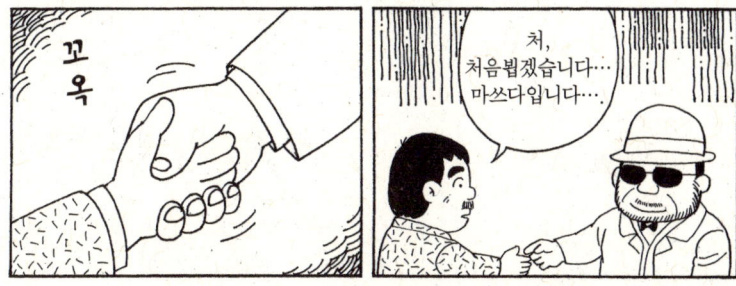

149

마피아
돈 같은
사람이네.

이탈리아
사람인가
….

힘 되게
세네!!

아이고
아파라!

난 프로도
아니고—

어떻게
해도?

그러니까 그건
무리라니까.

미치겠네….

일본의 혼을 잇는
우리 패밀리가
되어줘.

안경 씨는
프로보다
더 굉장해.

한 달
예정으로 가놓고
3년이나 지내고
온 곳이야.

싫을 리가
없잖아.

안경 씨,
피렌체
싫어?

자네가
피렌체에
가줬으면 해.

피렌체라…
안 간 지 벌써
한참 됐네….

돈
코르네오네
요?

우락부락한 외국인이랑
같이 있는데…
그게 꼭 영화「대부」같은
사람이었어요.

아까 안경 씨를
만났거든요….

그럼 확실히 마피아 돈이네요.

에스프레소 마시고 싶다고 했고 「챠오」라고 인사했으니까 역시 이탈리아 사람이려나?

그래요, 그래요. 그 마피아 돈 같은 사람이었어요.

아니에요… 안경 씨의 교우관계는 알 수 없었으니까.

여긴 일본이에요. 뉴욕이라면 또 몰라도….

거짓말!! 접주지 마요.

그럼 그건 분명히 위험한 일 얘기겠네….

그건 그래요….

하긴…

그래요.

그보다 잠깐 지하 창고에 다녀올 테니까 가게 좀 부탁해요.

152

마스터?

어? 다른 목소리네.

네, 레몬하트입니다.

뚜르르르르

급한 일이면 불러올까요?

마쓰다 씨였어? 나야, 안경….

나는 마츠다라고 하는데 가게를 보고….

지금 지하 창고에 갔어요.

지금부터 이탈리아 손님을 데리고 갈 테니 엄청나게 맛있는 칵테일을 만들어 달라고.

아냐, 그럴 건 없고 말만 좀 전해줘.

상대는 이탈리안의 돈이니까….

알았어요.

꼭 두 번 말해줘!!

잊지 마, 엄청나게 맛있는 칵테일이야.

이탈리아의 돈…

「정말 맛있는 걸 부탁해」라고 전해줘…

농담이 현실이 됐어요!

마스터, 큰일났어요, 큰일!

이탈리아의 돈?

지금 안경 씨한테서 전화가 왔는데 이탈리아의 돈을 데려올 테니까 엄청나게 맛있는 칵테일을 만들어 달래요!!

……

나 분명히 전했어요!!

두 번 말해 달랬어요.

엄청나게 맛있는 칵테일!!

154

어서
오세요.

정말
왔어….

으악!!

레몬하트의
마스터
입니다.

토스카나
요리점을
운영하고
있죠.

카를로
리베라니
입니다.

마스터,
이쪽은 내 친구
카를로.

저 반은
일본인
이에요.

일본에 온 지 벌써
20년이나 되는 걸요.
정말 세월은 화살과
같다니까요.

일본어를
참 잘하시
네요.

155

안경 씨는 술에 대해서도 박식하고 조건에 딱 맞는 사람이니까—

일본인의 마음을 이해하는 바맨이 필요해요.

일본인 손님도 와줬으면 하거든요.

카를로가 이번에 피렌체에 가게를 내는데 나한테 바맨을 맡아달라고 귀찮게 굴잖아.

마스터, 제발 부탁 좀 할게!!

자신이 납득할 만한 칵테일이라면… 라고 해서…

엄청나게 맛있는 칵테일을 대접할 테니까 참아달라고 했더니

뭐로 하지… 음— 어렵네….

음— 우선은 칵테일부터 정해야겠네요….

이거 책임이 큰데요.

네그로니로 하겠습니다!

정했어요!!

피잉

156

거기다
제가 제일 좋아하는
칵테일이기도 하고요.
일단 첫 번째 조건 통과!!

오오—
베스트 초이스!
「네그로니!!」
피렌체 태생의
칵테일이죠!

네그로니 레시피

스위트 베르무트 30㎖

캄파리 30㎖

비피터 진 30㎖

?

CAMPARI

BEEFEATER

얼음을 넣은 록 글라스에 따르고 가볍게 스테어

오렌지 슬라이스를 담그고 레몬 필

레몬 필

오렌지 슬라이스

꿀꺽

오— 아름다운
색입니다.
이것도 OK.

에 몰트 보노!!

카를로! 뭐라고 좀 해봐!!

마음에 드신다니 영광입니다.

맛있습니다. 감탄스럽군요.

베르무트는 이걸 사용했습니다.

진은 비피터, 거기에 캄파리는 당연합니다만…

이 네그로니… 어떻게 이렇게 맛있는 거죠?

카르파노 안티카 포뮬러

카르파노 안티카 포뮬러 〈메모〉

1786년 이탈리아 토리노에서 술집을 운영하던 안토니오 카르파노가 창업한 베르무트 메이커 카르파노사에 의해 소량 생산된 프리미엄.
베르무트의 어원은 독일어의 베르무트(약쑥)에서 왔지만 그 외에도 수십 종류의 약초, 향초를 사용한 이 안티카 포뮬러는 2년 숙성을 지나 출하된다. 품위 있고 방순한 달콤함을 지녀 실로 맛있다.
칵테일 재료는 물론 차갑게 스트레이트, 또는 토닉을　　　섞어 마셔도 좋다.
카르파노사는 그 외에도 비안코(17도)나 클라시코 로　소(16도)도 만들고 있다.

환상의 스위트 베르무트라고 하는 사람도 있다고 해요.

토리노에 있는 카르바노사의 최고급품으로

한잔 어떠세요?

스트레이트로도 맛있는데

반은 이탈리아인 이군요.

마스터, 당신은

응?

이거라면 마쓰다 씨도….

좋지.

그런데 마스터,
마쓰다 씨는 왜 저런
구석에 있는 거야?

안경 씨가
이탈리아의
돈이라고
했다고….

마쓰다 씨는
카를로 씨를
마피아 돈으로
생각하고 있어요.

즉,
이탈리아 요리계의
대부라는
의미였어.

마쓰다 씨,
내가 말한 건
이탈리안의 돈.

응?

안경 씨… 그보다 저기….

그러니까 안심하고 같이 마시자.

네에—?

내 평생소원 입니다!!

마스터!! 꼭! 꼭 좀 내 가게의 바맨이 되어주십시오!!

그러네… 저돌적인 멧돼지 띠인가—

안경 씨, 카를로 씨는 한 번 꽂히면 멈추지 않는 사람인가 봐요.

PART.304

컬렉터 아이템

「아드벡 미니추어 세트」

『매트릭스』의 키아누 리브스가 생각나지 않아요?

피겨 스케이트의 아라카와 시즈카의 이너바우어를 보면

어랏, 반응 없음… 다들 관심도 없네….

호오, 훌륭해요. 그런 얘기가 좋아요.

크게 나눠서 두 부류가 있다고 생각해요.

마스터, 몰트광에는

164

그러네요, 몰트를 좋아하긴 해도 아일라는 조금 안 맞는다는 사람도 있으니까요.

또 하나는 비트향을 좋아하는 타입.

하나는 셰리통을 좋아하는 타입

버본 꼬맹이라는 애칭은 이제 버려도 되겠어요.

토시 씨, 이젠 정말 제대로 된 술꾼이 됐네요.

좋아하는 건 아일라 몰트예요.

맥켈란도 훌륭하지만

그래서 토시 넌 어느 타입인데?

안녕하신가.

네, 그렇습니다.

자네가 이 가게의 마스터인가?

그렇습니다만
그걸 어떻게
아시고…?

자네 아드벡
미니추어 세트를
갖고 있겠지?

그러셨
군요.

마지막에
사 간 게
레몬하트의
마스터라고.

메지로
이자카야
에서
들었네…

킬달튼!

전부가
아니어도 좋네…
킬달튼만이라도!!

그걸
양보해
주지
않겠나?

그건
좀….

갖고
가고 싶네.

아니…
양보해준다면

드시려고
그러시나요?

166

그러시다면 더더욱 팔 수 없습니다.

부탁이네!! 가격은 두 배, 아니 세 배라도 내겠어.

미니추어 병으로 돈을 벌다니 바맨의 양심을 파는 것이나 마찬가지입니다.

여긴 바이지 아자카야가 아닙니다.

어째 서지?

다른 손님들과 함께 드시는 건?

어떠신가요? 지금 여기서 열 테니

어흠!!

역시 미니추어 병을 모으고 계시군요.

빈 병으로는 컬렉션 가치가 떨어져서….

이번엔 외국에 나가 있는 동안 다 팔리고 말았다지 뭔가!

새로운 미니추어 보틀은 빠짐없이 손에 넣어왔는데

어떻게 해도 안 되겠나?

상품은 전부 손님이 드시기 위해 마련해둔 것입니다.

유감이지만 여긴 바입니다.

황소고집 이구만...

확실히 말씀드리죠. 컬렉터에게 보틀을 파는 건 바맨으로서 해선 안 되는 일입니다.

········

그때 구입하시는 게···

손님, 지금은 구할 수 없지만 이제 곧 인터넷 경매에 나올 테니

그러겠네… 노력 없이 손에 넣겠다는 것부터 잘못된 생각인지도 모르겠군.

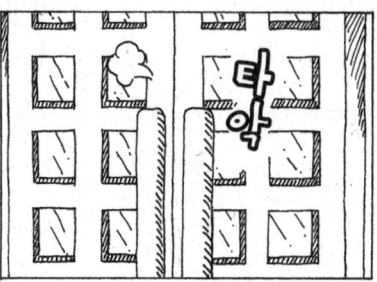

아니에요. 미니추어 병 컬렉터가 바에서 보틀을 팔라고 하다니 그건 규칙 위반이라고요.

왠지 불쌍해.

킬달튼이 있다고?

어디까지나 마시기 위해 만들어졌으니까요.

거기다 그 미니추어는

펑장해!

네… 그것도 1981년.

라이트 비트 타입의 아드벡으로 얼마나 귀한지 몰라!

킬달튼이란 건 실험 삼아 만든

뭐가 펑장 한데요?

1981년은 아드벡 증류소가 조업 정지된 해였거든요.

거기다 지금 바에 있는 건 거의 1980년 것이에요.

1997년에 글렌 모렌지에게 매수돼 다시 열었어요.

아니요, 조업정지와 재개를 반복하다

아드벡 증류소 이젠 없어요?

그 1981년 킬달튼은 어떻게 보면 역사적인 술이란 거네요.

그럼…

컬렉터들도 손에 넣고 싶어하는 거예요.

게다가 킬달튼 미니추어는 세상에 처음 나와서

짜잔—

물론 내야죠!!

마스터, 그렇게까지 얘기했으니…

아드벡 미니추어 세트

아드벡 미니추어 세트 〈메모〉

아드벡 10년(40도), 17년(40도), 우가다일(54.2도), 킬달튼(52.6도)의 50ml짜리 미니추어 세트이다.

안에 있는 소책자는 아드벡의 매니저 스튜워드 톰슨 씨의 의뢰로 평론가 짐 머레이 씨가 조사한 아일라 섬의 피트에 대한 상세 설명과 네 종류 아드벡의 테이스팅 노트이다.

네 종류의 아드벡은 피트 레벨과 도수, 숙성의 차이에 따라 놀라울 정도로 개성이 풍부해 비교하며 마시면 무척 재미있다. 특히 킬달튼은 라이트 피트이기에 아드벡의 피트향 뒤에 있는 복잡한 풍미를 체감할 수 있다.

173

더 스토리 오브
피트 앤드
아일라 몰트.

그리고 이걸
봐주세요.

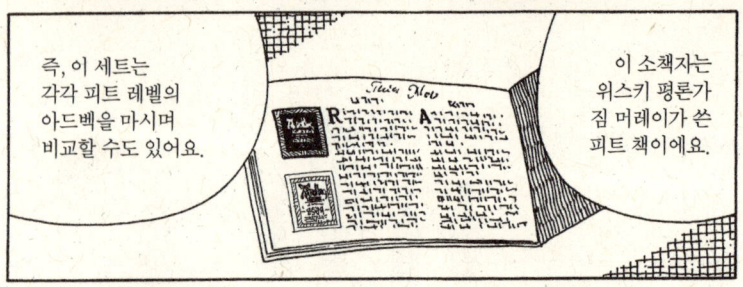

즉, 이 세트는
각각 피트 레벨의
아드벡을 마시며
비교할 수도 있어요.

이 소책자는
위스키 평론가
짐 머레이가 쓴
피트 책이에요.

사장
될지도
몰라요.

1981년
킬달튼을
컬렉터에게
팔면

마시기 위한
미니추어구나.

호오~
이거 정말

그래서
안 판 거군요.

맛 볼 수
없을지도
몰라요.

그럼 여러분도
죽을 때까지
이 술을

뭐야, 마쓰다 씨? 피티한 몰트 싫어하는 거 아니었어?

그럼 마스터는 이걸 우리에게 대접하기 위해 빼둔 거예요?

킬달튼은 라이트 피트니까 마쓰다 씨도 맛있게 드실 수 있을 거예요.

17년은 40도로 부드럽고

따돌리지 마요.

농담 마요!! 나도 마시긴 해요!

마시면서 하지? 서둘러줘.

마스터, 그 다음 편은

잠깐만요….

핫

175

끼익~

들어오세요.

이렇게
돌아왔네…

부끄러운
일이지만
미련을
버릴 수가
없어서

고,
고맙네….

갑자기 마시고
싶어져서…

그런데 문 앞에서
여러분 얘기
소리를 들으니

어서
앉으세요.

하지만 이렇게
작은 미니추어인데
내가 낄 틈이 있을지….

함께 나누는
사람이 많을수록
즐거운 거죠.

무슨 말씀이세요.
술은 양으로
마시는 게 아니고

고맙네,
마스터.

여러분, 고맙습니다.

어서 앉으세요!

마시고 싶다는 마음만으로 이미 손님이니

킬달튼부터 시작하겠습니다.

슐랜디버—

PART.305

월진월향 (越陳越香)

「장성패(長城牌) 사오싱 화조주(紹興花雕酒) 25년」

180

칸페이!!

응.

우선 맥주부터.

재미있었어. 너도 갔으면 좋았을 걸.

여행 중에 계속 이랬거든.

건배도 중국식이냐?

뭐야, 중국 갔다 왔다고

5만 엔… 싸긴 진짜 싸네.

4박 5일 동안 식사랑 공항이용료까지 포함해서 겨우 5만 엔!

아냐— 되게 쌌다니까.

나 같은 하루살이가 해외여행은 무슨….

여기!!

거기다 기념품까지 받아왔어.

재미있어.

뜨거운 물을
넣으면

센스 있는
선물이라고
하기엔
좀 그렇지
않아?

이게 뭐야?
그냥 까만
컵인데?

넣어
볼까요.

그런
거였구나~

오오—

와이탄   쑤저우

국 여행 기념

쑤저우,
와이탄, 예원…
상하이 쪽에
다녀오셨군요.

예원   와이

너 줄게.

그치,
재미
있지?

182

그 라이트업에 관광객들 다들 감찬을 연발했어.

와이탄이 끝내주더라고 특히 밤에는.

어떻게 굉장한데?

상하이는 굉장하더라. 앞으로의 중국은 정말 위협적이야.

『우주소년 아톰』의 배경이랑 똑같은 게. 현실에 있지 뭐야!

TV탑 주변 경치는 꼭 데즈카 오사무의 만화 같더라고.

지금은 자중해야 할 때거든. 흔히 말하는 「와신상담」같은 생활이니까.

음— 중국이라… 난 먹고 살기 바빠서….

너도 한 번은 꼭 가봐.

거기다 거리 전체에서 굉장한 에너지가 느껴져.

와신상담 이요?

네?

마쓰다 씨, 그건 비유가 좀 잘못된 것 같은데요.

183

「와신상담」이란 즉, 중국의 춘추시대 때 월과의 전쟁에서 져서 죽은 오나라 왕의 아들 「부차」가

아버지의 원수를 잊지 않으려 섶에 누워 몸을 힘들게 해요. 그리고 결국 월의 왕 「구천」을 항복시켰죠.

한 편 진 쪽의 구천은 쓴 쓸개를 방에 달아놓고

그걸 핥으며 패배의 굴욕을 떠올리며 결국 부차를 치고 그 원한을 풀었다는 옛 이야기잖아요.

그냥 멍하니 매일을 보내고

가끔 돈이 들어오면 캬바쿠라 가고 파칭코 하고 경마로 열을 올리는

즉, 이 고사는 목적을 달성하기 위해

고심하고 노력할 때 쓰는 비유라고요.

그런 생활을 하는 사람이 와신상담을 거론하는 건 이상하다고 말하고 싶네요.

알았어요, 알았으니까

그만 좀 넘어가줘요.

184

아니,
그게 아니라

너까지
뭐야!!

저도 고등학교 때
그렇게 배웠어요.

정말
그렇네요.

매일 밤 중국 TV에서
그 춘추전국시대
대하드라마가
방영 중인데

이 고사에는
부차와 구천이라는
두 인물이 나오잖아?

중국은 워낙 넓고 한족, 야오족,
먀오족처럼 다른 민족도 많아서
한 언어로는 이해하기
어려운 사람이 많거든.

중국
드라마에
중국어
자막?

어느 정도
이해는
하면서 봤어.

말은
못 알아들어도
자막이 있어서

드라마도
재미있게
볼 수 있었죠.

덕분에
뜻이 통해서

웃을 때
「哈哈哈ー」하고
글자가 보이는
것 같다니까요.

그리고 보니 동북부 선양
사람이 상하이에 갔다니
반 정도밖에 못 알아들었
다고 하더군요.

185

섶 위에서
잔 건
오왕 부차
였잖아?

아까 마스터가
말한 것처럼

어떤?

궁금하긴
했지만—

조금 이상한
장면이 있어서

본고장인 중국에서
유명한 고사에
그런 실수를
할까?

헤에—
이상하네.

혼자 양쪽을
다 하고
있었어.

그런데 그 드라마에선
월왕 구천이
섶에서 자면서
쓸개를 핥더라고.

마스터
너무해요—

거참,
말실수 한 번
한 것 같고

마쓰다 씨처럼
뜻을 잘못
안 것보다
더 이상해요.

이상하긴
하네요….

네,
그럼요.

잠깐 한 마디
드려도 될까요.

186

수리, 잡용, 심부름, 청소 등 필요한 것 없으신가요?

흔히들 말하는 심부름센터예요.

척척박사 할아버지 대표 **하나사키 켄타로**

나는 이런 사람입니다만…

앗, 그 전에 내 소개를 해야죠.

그래서, 아까 와신상담 이야기 말인데 그렇게 이상할 건 없어요.

그냥 해본 말입니다.

죄송하게도 지금은 없어요.

그 이유를 말해볼까요?

네?

사마천의 「사기史記」랍니다.

이 이야기의 가장 오래된 기록은 기원전 1세기의 서책

저도 흥미가 있고 의문이 풀리면 속이 편할 것 같아요.

꼭 좀 부탁 드립니다.

187

무제의 화를 사
내시가 되어서도
「사기」에
힘을 쏟은 게
사마천이에요.

「사기」는 오랜
역사책이지만
명저로 유명하죠.

오왕 부차가
섶에서
잤다는 얘긴
없어요.

그「사기」속에서는
월왕 구천이
쓸개를 핥았다는
얘기뿐

즉,
섶과 쓸개는
구천에만
해당되는
건가요?

거기에도 부차의
와신 이야기는
나오지 않죠.

월왕 구천의
와신상담이
라고 있어요.

다음은
12~13세기의
서책
「자치통감」에 호
삼성이라는
사람의 기록을
보면

그 설이
일본에 널리
퍼진 거군요.

아하!

오왕 부차의 와신,
월왕 구천의
상담이
세트로 나와요.

그리고
마지막으로
14세기의
「십팔사략」에
가장 유명한
기술로

오왕 부차는 섶에 누워
복수를 맹세하고 콰이지산에서
구천을 항복시켜요.
노예가 된 구천은 쓸개를 핥으며
그 분함을 마음에 새겼고
결국 오를 멸망시키죠.

아까 마스터가
한 말에 조금만 더
설명을 덧붙이자면

그 드라마는 월왕 구천이 주인공이니 그럴 겁니다.

둘의 에피소드를 넣는 게 훨씬 더 재미있을 것 같은데…

그런데 아직도 이해 안 되는 게 그 중국 드라마예요.

오왕 부차는 충신 오자서를 죽인 어리석은 혼군으로 그리지 않았을까요?

구천은 참모 범여의 말을 잘 들은 명군으로 그리고

주인공으로서는 캐릭터가 산다고 할까 그럴 듯하지 않을까 싶은데요.

거기다 「자치통감」을 자료로 와신상담 양쪽을 모두 구천의 업적으로 하는 편이

그냥 예전에 고등학교에서 중국사를 가르치던 몸이라….

끝내주긴 요…

정말 정체가 뭐예요?

끝내주네요~ 척척박사라고 하셨는데

아닙니다, 마스터의 이야기는 간결하고 아주 훌륭했어요.

그러신 줄 알았으면 아는 척 같은 거 안 했을 텐데 말이죠….

「딱 잘라 말할 수 없다」… 이해가 되네요.

그러셨 군요.

심부름센터를 시작하게 되셨죠?

할아… 하나사키 씨, 교사를 하시던 분이 어째서

의문이 풀려서 속이 시원합니다.

할아버지 감사 합니다.

뭐니뭐니 해도 연륜이 최고라 할까요, 하하하.

노인들의 지혜는 의외로 도움이 많이 되거든요.

뭔가 세상에 도움이 되고 싶어서 노인들을 모았어요.

은퇴하고 딸아이도 시집을 보냈으니

와신상담의 무대는 회계였죠? 회계는 즉, 지금의 사오싱. 맛있는 사오싱주는 어떠신지요?

참! 재미있는 이야기에 대한 감사의 인사로 제가 술을 하나 대접해도 될까요?

190

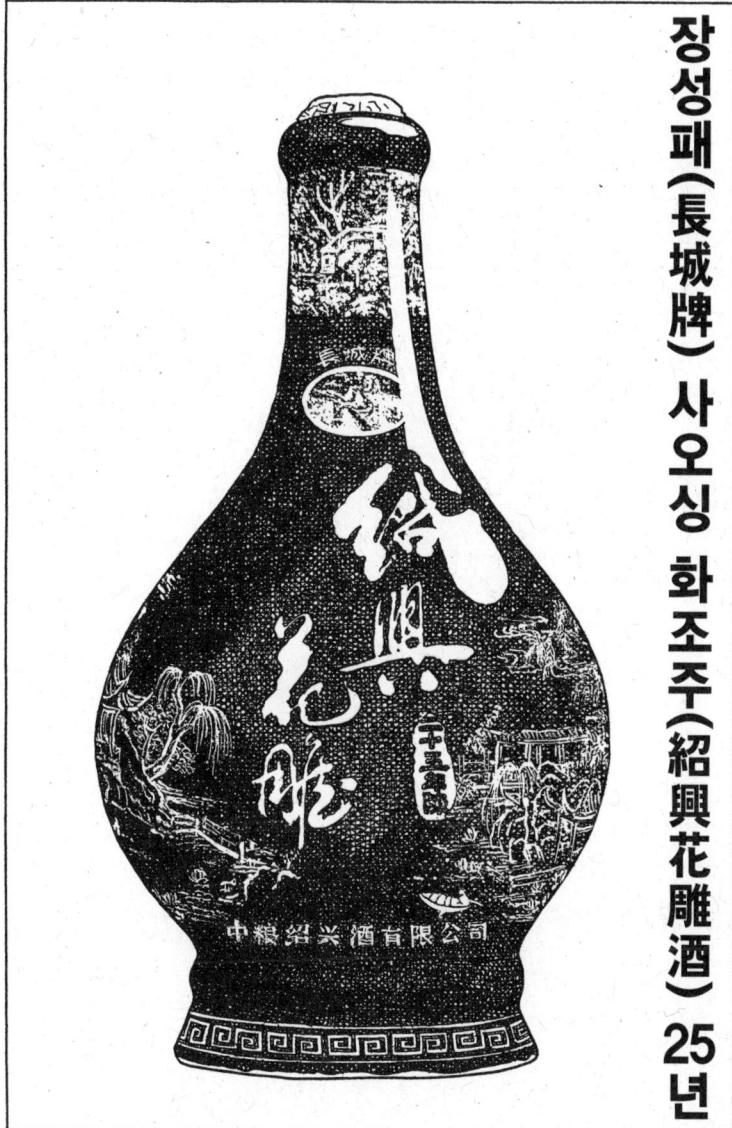

장성패(長城牌) 사오싱 화조주(紹興花雕酒) 25년

장성패(長城牌) 사오싱 화조주(紹興花雕酒) 25년 〈메모〉

사오싱에서도 지금은 얼마 남지 않은 전통 수제 제법을 지켜온 중량 사오싱주 유한공사의 장기 숙성 사오싱주.

중국술은 크게 백주(증류주)와 황주(양조주)로 나눌 수 있는데 사오싱주는 대표적인 황주이다.

여자아이가 태어나면 술을 만들어 저장해뒀다 결혼식 때 내던 고사(故事)에서, 여아홍(女兒紅, 여자아이를 축하한다는 의미)라는 이름을 짓거나 또 그 항아리에 꽃 등을 조각했던 풍습에서 화조(花雕, 조각)라는 이름도 생겼다. 이 이름도 지금은 장기 숙성된 사오싱주라는 의미로 일반적으로 사용되고 있다.

25년이란 숙성을 거친 이 술은 그윽한 향으로 실로 맛있는 사오싱주이다.

물론 모두 드려야죠.

두 분도 한 잔씩…

그런 훌륭한 술을… 괜찮으시다면

월진월향이란 게 바로 이런 건가…

오오— 향이 정말 좋아요.

10년이나 15년산은 있는데 이건 정말 굉장한걸!

와인이나 일본주와 같은 양조주야.

? 황주가 뭔데?

25년이라니 정말 믿어지지 않는 빈티지네요. 그것도 황주를!

3년이면 진년이란 말이 붙는데

건배~

맛있네요.

하오츠!!

홀짝

감로죠, 감로.

맞아요.

달콤하고 맛있어요—

달콤하고 맛있는 걸 왜 감로라고 해요?

그런데요, 할아버지

역시 보통 할아버지가 아니셔!

옳소!

그리고 중국의 오랜 전통에서 임금이 어진 정치를 펼칠 좋은 전조로 하늘에서 내리는 것도 감로죠.

감로란 불교 교전에도 나오는 부처의 가르침으로, 하늘에서 준 달콤한 불노불사의 영약이랍니다.

PART.306

여장부

「웨트 바이 비피터」

야스다 씨,
잠깐만 와봐.

교정이
이게 뭐야!!

한 페이지에 오자를
3, 4개나 놓쳤잖아!!
제대로 보긴 봤어?

이 도예가의 성은 모리야마가 아니라 야마모리야! 거기다 이름도 한자가 틀렸다고!

거기다 더 심각한 실수가 있어.

죄, 죄송합니다.

이름을 틀리다니 편집자로서 부끄러운 줄 알아.

정말 죄송합니다.

과자 싸들고 가서 빌어도 늦다고!

이게 그대로 나가면 그 도자기 할아버지가 가만히 있을 것 같아?

……

진지하게 일하란 말이야!

정신 바짝 차려!!

……

수고—

먼저 실례하겠습니다.

197

말씀하세요, 편집장님.

잠깐 얘기 좀 할까?

나도 그만 가볼까…

여섯 시 네…

일을 엉망으로 해 놓은 걸 엄하게 혼내는 게 잘못된 건가요?

조금만 상냥하게 해주면 안 될까?

젊은 친구들 혼내는 건 좋은데

……

아니, 자네가 열심히 하는 건 나도 잘 알고 고맙게 생각해.

너무 그러면 위축되잖나― 요즘 편집부 전체가 얼음장 같아.

알겠 습니다.

그걸 좀 배려해줬으면 해….

요즘 젊은 친구들은 워낙 나약하잖아?

좀 다독여 가며 해야….

아까 엄하게 혼낸다고 했는데 엄한 것도

198

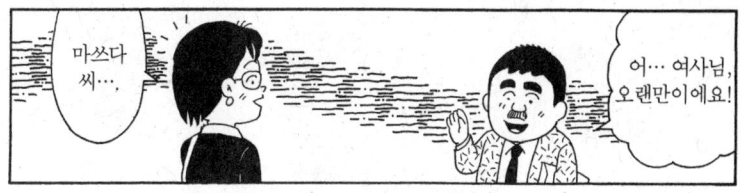

마쓰다 씨…,

어… 여사님, 오랜만이에요!

그 여사님 소리 좀 안 하면 안 돼요? 오늘 나 우울하단 말이에요.

웬일이에요? 여사님답지 않게 고개를 푹 숙이고.

요즘 태도가 너무 날카롭다고.

편집장님한테 혼났어요.

무슨 일 있었어요?

199

귀신오카
보다는
낫네요….

그래요!!「여장부」!!
타카오카 씨한테
진짜 딱 맞는
애칭인데요?

그냥 대놓고
여장부라고
해요.

타카오카
씨가 워낙
힘이 넘치긴
하죠.

좋네요,
뭐~

그건 일 잘한다고
인정하는 거잖아요.

그
귀신오카가~
이러면서.

다들 뒤에선
귀신오카라고
부르는 것
같더군요.

귀신
타카오카.

귀신
오카?

기운이
나요.

마쓰다 씨,
말 참
잘하네요~

좋았어,
우리
레몬 가요!

☆짝

네―

하이터치!!

200

그 얘긴 그만!!
그리고 레몬에
가자고 한 건
나거든요?

그래서
기운 나라고
레몬에
데려왔어요.

파워풀우먼
타카오카 씨가
풀이 푹 죽어서
걸어오는 거 있죠?

일을 핑계로
젊은 사원들을
너무 들들 볶긴
했어요….

뭐…
편집장님
말씀처럼

영향을 미치나…

역시 남자친구랑 헤어진 게

아직 그럴 나이 아니거든요!?

갱년기예요?

마츠우라 아야 흉내 내는 마에다 켄을 닮은 귀여운 사람이었잖아요.

남 말 하지 마요.

통통하고 느릿느릿한 사람.

어? 그 남자친구랑 헤어졌어요?

「부모님을 만나줘」 라잖아요.

마침 데스크 업무로 전향돼서 정신 없는데

……

왜 헤어졌어요?

남자다운 타카오카 씨랑 잘 어울리는 한 쌍이었는데…

내가 헤어지자고 했어요.

네, 그래서 아차 싶어서

그거 프러포즈?

202

귀찮은 일에 엮이고 싶지 않으니까.

남자라도 좋아요! 어차피 살면서 바로 지금이 찬스다 싶을 때는

그 대사 남자들이 많이 하는 소리 아닌가?

벌컥

위가 찌잉하고 저려오는… 스피리츠로 부탁해요.

마스터, 이런 약해빠진 롱칵테일 말고 드라이한 거 마시고 싶어요.

알겠습니다.

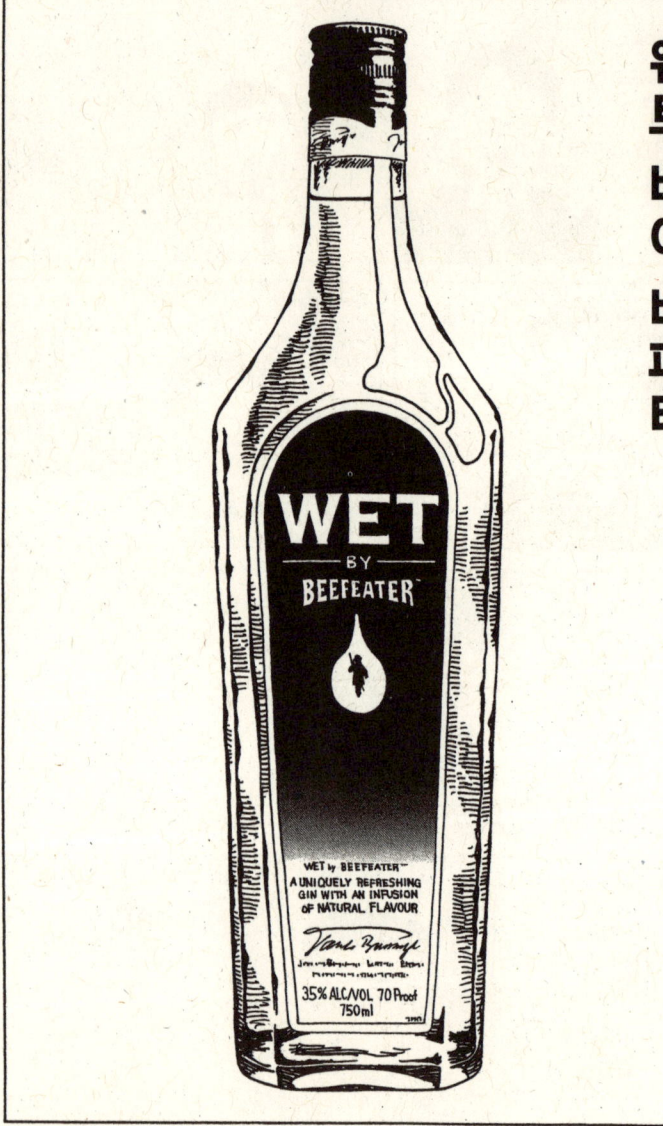

웨트 바이 비피터

웨트 바이 비피터 〈메모〉

1820년 창업한 제임스 로버사의 비피터는 지금 이 순간도 런던에서 증류되고 있는 유일한 진이다.

그 제임스 버로우사가 낸 전혀 새로운 타입의 프레이버드 진이 웨트 바이 비피터이다.

서양배의 화려한 향과 부드러운 맛이 특징인 이 진은 알코올 도수도 35도로 낮게 만들어졌다.

쿨한 느낌의 보틀과 라벨, 그리고 웨트 바이 비피터라는 세련된 이름으로 봐도 이 진은 새로운 고객층, 바로 여성을 위해 개발된 것이 틀림없으리라.

비피터

아니에요.

이 스타일… 버킹엄 위병 맞죠?

맞아, 맞아, 이거, 이거.

요만 워더 스타일이에요.

이건 런던탑 위병대인

어? 아니에요?

느낌이 전혀 다르네요.

그나저나 이쪽 비피터는

로열 쪽은 헐렁헐렁한 큰 검정 모자였죠?

잘 보니까 정말 다르네.

런던 드라이진이 왜 웨트예요?

거기다 이름도 참 별나네요.

206

시대의 흐름이겠지만
여성 고객을 위식해
만들었을 거예요.

추천하고
싶군요.

온 더
록을

그럼 그걸
스트레이트
로….

그럼
그걸로….

확실하게
비피터 맛도
잡아준 데다
부드럽기까지
해요….

와아—
맛있다—

꿀
꺽

흐음—

그런 컨셉으로 만들어졌는지도 모르죠.

남자의 술이라고 일컬어지던 스피리츠에 여성의 시대가 오고 있다…

비피터가 있어요.

어, 왜요?

마쓰다 씨, 저 보틀 좀 봐요!!

앗!!

물방울 속에 비피터가 있어요.

로고도 웨트가 크고 비피터가 작고요….

그것도 저렇게 조그맣게….

한 명이긴 해도 정말 있긴 있네요.

208

감사
합니다.

마쓰다 씨,
나 갈게요.

······

타카오카 씨,
갑자기
왜 그래요?

마스터…
꼭 아버지
같아요.

내가 드라이한
스피리츠를 마시고
싶다고 했는데…
저런 걸 내주다니…

네…

아버지?

BAR 레몬하트 ㉓

초판 1쇄 인쇄 2015년 7월 20일
초판 1쇄 발행 2015년 7월 25일

극화 : 후루야 미츠토시 〈패밀리 기획〉
번역 : 이기선

펴낸이 : 이동섭
편집 : 이민규
디자인 : 이은영
영업 · 마케팅 : 송정환
e-BOOK : 홍인표, 이문영
관리 : 이윤미

㈜에이케이커뮤니케이션즈
등록 1996년 7월 9일(제302-1996-00026호)
주소 : 121-842 서울시 마포구 서교동 461-29 2층
TEL : 02-702-7963~5 FAX : 02-702-7988
http://www.amusementkorea.co.kr

ISBN 979-11-7024-229-1 17830
ISBN 978-89-6407-145-8 17830(세트)